청산 新무협 판타지 소설
FANTASTIC ORIENTAL HEROES
낙룡등천
落龍騰天

낙룡등천 1

청산 新무협 판타지 소설

초판 1쇄 찍은 날 § 2012년 9월 12일
초판 1쇄 펴낸 날 § 2012년 9월 18일

지은이 § 청산
펴낸이 § 서경석

편집부장 § 권태완
편집책임 § 어정원
디자인 § 이혜정

펴낸곳 § 도서출판 청어람
등록번호 § 제1081-1-89호
등록일자 § 1999. 5. 31
어람번호 § 제2-2257호

주소 § 경기도 부천시 원미구 심곡2동 163-2 서경B/D 3F (우) 420-822
전화 § 032-656-4452 팩스 § 032-656-4453
http://www.chungeoram.com
E-mail § chungeorambook@daum.net

낙룡등천

落龍騰天

1

FANTASTIC ORIENTAL HEROES

청산 新무협 판타지 소설

도서출판 청어람

目次

序章
황궁무고의 기이한 책

"후우, 냄새!"

황궁무고로 들어선 금포소년은 코를 감싸 쥐며 인상을 찡그렸다.

오랜 세월 닫혀 있던 무고였기에 녹슨 병기의 쇠 냄새와 더불어 서책의 곰팡내가 물씬 풍겼다.

"이야, 무고답게 왠지 으스스하군."

유등을 밝혀 든 환관이 두려운 표정으로 잔뜩 어깨를 움츠렸다.

"존귀하신 저하께서 오실 곳이 못 됩니다요. 어서 나가시지요."

“아니야. 이왕 왔으니 특별한 읽을거리가 있는지 살펴보
자.”

금포소년은 환관을 앞세워 무고 안으로 들어섰다.

황궁서고와 달리 무고 내부는 제대로 정리가 돼 있지 않아
어수선했다. 역대 황제의 전리품이 먼지를 뒤집어쓴 한쪽에
처박혀 있었고 주인을 만나지 못한 진귀한 신병도 고철처럼
널브러져 있었다.

금포소년은 병기대에 진열돼 있는 병기에는 전혀 관심을
두지 않았다. 그러다 수북하게 쌓여 있는 책 더미를 보고는
발걸음을 멈춰 세웠다.

“이 책들은 왜 서고에 보관되지 않고 이곳에 있는 거지?”

“아마도 병서들과 무예 서책들인가 봅니다. 유림에서는 기
피하는 서책들이지요.”

“문(文)만이 능사는 아니야. 훌륭한 무장들과 뛰어난 전술
이 없었다면 어떻게 나라가 세워질 수 있었겠어?”

금포소년은 책 더미 속에서 몇 권을 서책을 끄집어냈다.

“이건 육도(六韜)의 한 부분이로군. 요건 손자의 병법 중 모
공편이고. 이건 오자의 병서인가……?”

몇몇 서책은 고대의 죽편이라 글씨가 지워져 제대로 읽을
수도 없을 정도였다.

그러다 겉장이 떨어져 나간 너덜너덜한 양피지 책자를 찾
아내 먼지를 털어냈다.

무심코 책장을 넘겨보던 금포소년은 깜짝 놀라 눈을 휘둥 그레 떴다.

"어, 이건 과두문이잖아? 이런 서책은 정말 희귀본인데 어떻게 무고에 있었던 거지?"

"과두문… 이라굽쇼?"

"과두문을 몰라?"

"송구합니다, 저하. 소인이 워낙 글이 짧아서……."

"흐음, 그렇기도 하겠군. 글줄깨나 읽은 문사라도 과두문을 아는 사람은 많지 않을 거야."

과두문(蝌蚪文)은 아득한 주나라 시대의 문자로 필획의 머리 부분이 크고 꼬리 부분이 가늘어 마치 올챙이처럼 생겼다 하여 붙여진 이름이다.

수 왕조 때의 문자를 통상 대선(大篆)이라 하는데, 진시황 때 이사에 의해 중원의 문자가 소전(小篆)으로 통합되면서 사라졌다.

이런 연유로 과두문은 전설의 문자로 알려졌기에 접한 사람도 드물뿐더러 이를 해독할 수 있는 학자들 또한 손을 꼽을 정도였다. 하지만 금포소년은 어려서부터 총명했던 데다 훌륭한 스승들을 두었기에 고대의 문자인 과두문을 어느 정도 해독할 수 있는 식견을 지녔다.

금포소년은 미간을 찌푸리면서 양피지 서책의 첫 대목을 해독해 보았다.

"창공을 나는 봉황은 천계에 이르고… 어둠을 맴도는 올빼미는 명계를 여는구나……."

겨우 첫 줄을 해독했지만, 그 내용이 너무 심오해 무슨 의미인지 이해가 되지 않았다.

"이상한 글귀로군. 부(賦)는 아니고 사(辭)도 확실히 아니야. 그렇다고 절구나 율시도 아닌 것 같고. 시문치고는 상당한 현기가 담겨 있어."

금포소년은 글귀의 의미를 알 수 없게 되자 오기가 치밀었다.

'이것 봐라? 하도낙서와 역경도 독파한 나인데 이 글귀는 전혀 이해가 되지 않네?

환관은 문 쪽을 돌아보며 초조한 표정을 지었다.

"이제 나가서야 합니다, 저하. 폐하께서 아시면 춘추 어리신 저하를 위험한 무고로 들였다는 사실만으로 소인은 중벌을 면치 못합니다요."

"그래, 알았어."

환관의 재촉에 금포소년은 양피지 책자를 소매 속에 넣었다.

"가자."

"저하, 무고의 물건을 함부로 반출하는 것은 법으로 금하고 있습니다요."

"인석아, 시문이 어디 무고에 있을 서책이겠어? 내가 잠시 살펴보고 황궁서고로 보내야 할 책이라면 넘기겠다. 그럼 되지?"

"알겠습니다요. 속히 나가시지요."

금포소년이 무고를 나서자 환관은 서둘러 문을 닫고는 육중한 자물쇠를 채웠다.

금포소년은 소매 속의 양피지 책자를 어루만지며 치기 어린 미소를 띠었다.

'훗, 내가 진귀한 보물을 얻은 것은 아닌지 몰라.'

금포소년의 이름은 주환(朱桓).

현 황제의 적통으로 황위 계승 서열 일 순위인 존귀한 황태자의 신분이었다.

第一章
요녀와 황제

1

"동산의 달이 단장하고 나서는 술시(戌時)요!"

유등을 밝힌 환관이 간드러진 음성으로 시각을 고하며 건천궁(乾天宮) 주변을 따라 돌았다. 뒤따르는 환관들이 두드리는 타판 소리가 잠시 정적을 깨며 멀리까지 퍼져 나간다.

황궁인 자금성(紫禁城)은 금의위 무사들에 의해 삼엄한 경계가 펼쳐져 있으며 특히 건천궁은 어떤 위협도 존재할 수 없는 금역이다.

건천궁 내의 작은 전각 세오각(洗汚閣).

황제의 침소에 들 후궁들은 세오각에서 수욕을 마친 후 환관들의 몸 검색을 거치는 것이 황궁의 관례였다.

또르륵……!

대리석 수조에서 일어선 여인의 나신을 따라 물방울이 흘러내린다.

수조를 나선 여인은 욕실 한쪽에 걸린 커다란 서역산 거울 앞에 섰다. 여인은 탱탱한 젖가슴을 감싸 쥐며 거울 속에 비친 자신의 나신을 감상했다.

어느 곳 하나 흠잡을 데 없는 궁(弓) 자 형 몸매는 세상의 그 어떤 여인보다 완벽했다. 어린아이의 살결처럼 뽀얀 피부는 마치 향유를 바른 듯 윤기가 흘렀고, 몸에서는 뭇 사내를 현혹할 사향의 향기가 풍겨 나왔다.

여인의 용모 또한 그림 속 미인도의 주인공처럼 절색이었다.

절로 눈웃음치는 교태 어린 눈매와 양 볼에 살짝 패인 볼우물이 지극히 육감적이었으며, 양귀비꽃처럼 붉은 입술은 금세라도 불을 토해낼 듯 농염했다.

절색의 여인이 지닌 또 하나의 매력은 치모가 전혀 없다는 데 있었다.

이름 하여 백문(白門).

백문의 여인은 사내에게 지극한 쾌락을 안겨주는 명기(名器)라 하여 색도에 조금이라도 일가견이 있는 사내들은 전 재산을 팔아서라도 그런 여인을 품고자 한다.

여인은 거울 속의 자신을 보며 생긋 미소를 지었다.

입술 사이로 살짝 드러난 상앗빛 치아가 눈부시다. 그 어떤 사내도 굴복시킬 마력적인 미소.

'자, 이제 용(龍)을 품어 볼까?'

여인은 자신의 미태를 재삼 확인하고는 욕실을 나섰다.

욕실 밖에는 세 명의 사내가 대기해 있었다.

아니, 이미 고환이 제거된 환관들이기에 그들은 더 이상 사내일 수 없었다. 황제를 섬기는 비빈과 궁녀들을 관리해야 하는 환관들은 사내가 아니라 하나의 중성적인 생물체에 불과했다.

관모를 쓴 늙은 환관은 이미 오래전 뿌리가 말라버렸지만, 여인의 나신을 대하는 순간 자신도 모르게 욕정이 솟구쳤다.

'으음, 그야말로 우물(尤物)이로다!'

두 명의 젊은 환관이 받은 충격은 더했다. 만일 장인태감이 지켜보고 있지 않았다면 그들은 자신들이 거세된 것도 잊은 채 여인을 유린하려 했을 것이다.

장인태감(掌印太監) 조고(趙雇).

그는 황제의 최측근으로 자금성 내의 모든 환관을 호령하는 최고의 환관이다. 황실의 비밀부서인 동창도 그가 관장하는 부서 중 하나이다.

장인태감은 황제의 수족이자 입속의 혀와 같은 존재라 그의 권위는 재상들을 능가할 정도였다.

통상 황제의 침소에 처음 들이는 후궁의 몸 검색은 사례감 태감이 담당하기에 장인태감인 그가 이렇게 직접 나서는 것도 드문 경우였다.

조고는 두 환관에게 지시를 내렸다.

"검색하라."

"예, 태공공."

두 환관은 여인의 몸에 위험한 장신구가 없는지 확인하였고 이어 머릿속과 입안까지 검색했다. 그리고 마지막으로는 여인에게 발목을 쥐고 엎드리게 하는 굴욕적인 자세까지 요구했다.

상대가 아무리 중성적 생물체인 환관이라 해도 자신의 은밀한 부위를 내보여야 하기에 처음 겪는 후궁들은 당황하기 일쑤다. 한데 여인은 조금도 주저하지 않은 채 다리까지 벌리며 몸을 구부렸다.

여인의 몸에서 풍기는 은은한 체향 때문인지 조고는 심장이 요동치는 색정에 고통을 겪어야 했다.

사내로서 여인을 접할 수 없는 것은 괴롭지만 장인태감으로서 누리는 권능과 위세에 그동안은 욕정 따위를 잊을 수 있었다. 하지만 지금 이 순간만큼은 자신이 사내가 아닌 것이 후회스러웠고 이런 여인을 품을 수 있는 황제가 너무도 부러웠다.

'허어, 진류왕(進留王) 전하께서 어쩌자고 이런 요녀를 폐하께 천거했단 말인가?

조고는 품지 못할 꽃을 더 이상 지켜볼 수 없어 몸을 돌렸다.

"침소로 데려가라."

"예, 태공공."

두 환관은 여인의 알몸 위에 하얀 비단을 둘렀다.

힘깨나 써 보이는 환관이 여인을 들춰 업었고 주근깨 환관이 유등을 들었다.

세오각을 나선 조고는 곧바로 건천궁으로 향했고 여인을 업은 환관이 뒤를 따랐다.

넓은 건천궁 내부는 좁은 복도로 이어져 있어 처음 들어선 사람은 방향을 잃기 일쑤다. 복도에는 간격을 두고 궁녀들이 무릎을 꿇은 채 대기하고 있었다.

황제의 침소 앞에 이른 조고가 미닫이문을 향해 공손하게 아뢰었다.

"노신입니다, 폐하."

그러자 문을 통해 다소 혀가 꼬부라진 음성이 흘러나왔다.

"들라."

조고가 눈짓을 보내자 여인은 환관의 등에서 내려섰다.

궁녀들이 문을 열어주자 조고는 여인을 대동해 안으로 들어섰다. 안쪽으로 수정 주렴이 드리워진 침소가 보였다.

조고는 여인에게 나직이 주의를 주었다.

"폐하의 어떤 지시도 거역해서는 안 된다."

"알고 있습니다, 태공공."

여인은 존엄한 황제의 침소에 들어왔건만 조금도 두려워하는 모습을 보이지 않았다.

조고는 여인의 지나친 당돌함이 다소 우려되었지만 진류왕에게 지시를 받았던 터라 물끄러미 지켜볼 수밖에 없었다.

여인이 주렴을 밀치고 침소로 들어서자 조고는 구석에 마련된 작은 의자에 앉았다. 황제를 처음 모시는 후궁을 침소로 들일 때는 태감들이 근접 거리에서 감시하는 것이 관례였다. 황제의 안위를 위한 조치였다.

황제는 원탁에서 술을 마시고 있었다.

자리옷만을 걸치고 있어 열린 앞자락 사이로 다소 늘어진 젖가슴 살이 보였다.

황제는 사십대 중반을 넘긴 나이라 아직 강건해야 할 몸이었지만 지난 수년 이래 주색에 빠진 탓인지 눈빛이 흐렸고 입꼬리는 한쪽으로 비틀어져 있었다.

제국을 경영하는 황제로서는 다소 추레한 몰골이었다.

침소로 들어선 여인은 황제를 대하자 얼른 배례를 올렸다.

"소인 자요미(紫瑤美)가 존엄하신 폐하를 뵈옵니다. 만세만세만만세."

나긋나긋한 음색에 황제는 힐끗 시선을 돌렸다.

대담하게 고개를 쳐든 자요미는 생긋 미소를 띠며 추파를

던졌다. 그녀의 눈에서 은은한 자색 기운이 번득이자 황제는
황홀감에 젖어 입이 헤벌어졌다.

"오, 이렇게 예쁠 수가!"

황제는 마른침을 꿀꺽 삼키며 자요미를 손짓해 불렀다.

"어서… 이리 오너라."

"예, 폐하."

몸을 일으킨 자요미가 다가섰다.

황제는 한 겹 비단으로 감싼 자요미의 팽팽한 젖가슴을 움
켜쥐고는 색정 어린 눈빛을 발했다.

"벗어라."

황제는 자요미의 몸을 감싼 비단 한 자락을 쥐었다.

자요미는 천천히 몸을 돌렸다. 그녀의 몸이 회전하면서 비
단이 풀어졌고 허물이 벗겨지듯 눈부신 나신이 조금씩 드러
났다.

마침내 비단이 모두 풀리면서 자요미의 눈부신 나신이 여
실하게 드러났다.

"오……!"

황제는 탄성을 토하며 자요미의 나신을 눈으로 훑었다.

자요미는 부끄러운 듯 젖가슴과 다리 사이를 손으로 가렸
다. 중요 부위를 가린 그녀의 관능적인 자태에 황제는 더욱
몸이 달았다.

"손을 치워라."

황제의 명이니 거역할 수가 없다.

자요미가 두 손을 늘어뜨리자 그녀의 다리 사이를 주시하던 황제는 욕정에 젖은 신음을 토했다.

"으음, 네가 백문의 소유자였단 말이냐?"

"부끄럽습니다, 폐하."

"이리 오너라, 어서."

황제가 재촉하자 자요미가 가까이 다가섰다.

황제는 진귀한 명품을 감상하듯 자요미의 젖가슴을 어루만지며 탄성을 발했다.

"오, 피부가 마치 비단결이로다. 내 평생 숱한 계집을 보았지만, 너와 같은 아이는 처음이야."

황제의 손길이 아랫배를 타고 다리 사이로 파고들자 자요미는 묘한 콧소리를 흘렸다. 백문의 부드러운 감촉에 황제는 벌써부터 달아올랐다.

"으음, 참을 수가 없구나."

자리옷을 벗어 던진 황제는 자요미를 이끌고 침소로 들어섰다.

황제의 침상은 열 명이 동시에 누워도 남을 만큼 넓었다.

황제는 가장 부드럽다는 소주산 비단 이불이 깔린 침상 위에 자요미를 눕혔다. 자요미를 끌어안은 황제는 그녀의 몸에서 풍겨오는 체향에 정신이 몽롱해졌다.

"내 어찌 너를 이제야 만났더냐?"

황제는 애무도 마다한 채 곧바로 교접을 시도했다.

자요미가 짐짓 격한 신음을 토하자 황제는 더욱 밀착하며 거칠게 허리를 놀렸다.

자요미는 슬쩍 황제의 눈치를 살피고는 서서히 보조를 맞추었다. 그녀의 두 다리는 넝쿨처럼 황제의 허리를 조였고 두 손은 현을 타듯이 황제의 등줄기를 자극했다.

그녀의 체내에서 뿜어지는 열기와 탄력이 너무 강해서일까.

황제는 얼마 버티지도 못하고 그만 정을 쏟고 말았다.

"으음……!"

한순간에 기력이 쭉 빠진 황제는 자요미의 젖가슴 사이에 얼굴을 묻으며 거친 숨을 헐떡였다.

"헉헉… 너의 그곳이 서버리 같구나."

자요미는 자신이 채 쾌락을 느끼기도 전에 황제가 방사해 버리자 크게 실망했다.

'치이, 제국의 황제도 별것 아니군.'

마음은 그러했지만 자요미는 황제를 위로하기 위해 나직이 속삭였다.

"대단하십니다, 폐하."

황제를 눕힌 그녀는 뱀의 헛바닥처럼 붉은 허로 황제의 존체를 애무했다.

황제는 자요미의 입에서 뿜어지는 뜨거운 입김에 조금씩

기력을 되찾았다. 너무도 빠른 방사에 기분이 찜찜했던 황제는 자요미의 마법 같은 혀로 인해 구름에 둥실 뜬 듯한 환몽에 빠져들었다.

"으으… 네가 천상의 혀를 지녔구나."

본래 황제가 이렇듯 황음에 빠진 군주는 아니었다. 제위에 오른 이후 그는 백성을 사랑하고 신하들과 교류가 깊은 성군으로 널리 칭송을 받았었다.

하지만 오 년 전 총애하던 황후를 잃은 이후 황제는 급속도로 바뀌었다. 정사는 돌보지 않고 술과 계집만을 탐하는 황음무도한 혼군(昏君)이 된 것이다.

이를 간했던 충신들은 참수되거나 유배를 당했으며 두 해 전에는 황태자마저 황궁 밖으로 내쳤기에 조정에는 더 이상 황제에게 충언을 올릴 신하가 없었다.

그저 황제의 마음에 드는 미녀를 진상하려는 간신배들만 들끓을 뿐이다.

황제의 이복아우인 진류왕 또한 그런 무리 중 하나였으며, 자요미는 진류왕의 추천으로 황궁에 들어오게 된 것이다.

자요미의 뜨거운 입김과 혀 놀림 덕분에 황제는 짜릿한 전율과 함께 재차 욕화가 피어올랐다.

"흐으……!"

자요미는 대담하게 황제의 다리 사이에 걸터앉는 복상위 자세를 취했다. 이는 황제의 오랜 총애를 받은 후궁들이나 취할 수 있는 무엄한 자세였지만 자요미는 전혀 주저하지 않았다.

자요미가 능동적으로 교접을 이끌면서 침소에 또 한 차례의 격정적인 풍파가 일어났다.

"아아……!"

자요미는 연신 엉덩이를 들썩이며 애끓는 듯한 신음을 토했다. 황제의 쾌락을 위해 바쳐진 그녀였지만 오히려 그녀가 즐기는 듯한 모습이었다.

자요미는 뛰어난 색녀들만이 구사할 수 있는 흡정섭양대법을 펼쳐 황제의 기를 흡수했다.

황제는 자신의 기가 빠져나가는 허탈감을 느꼈지만 조금도 경계하지 않았다. 오히려 그러한 쾌락이 너무도 지극해 이대로 죽는다 해도 여한이 없을 정도였다.

교접에 최고조에 이르자 황제는 다시 정을 토하고 말았다. 단순한 방사가 아니라 자신의 생명지기까지 뽑었지만, 황제는 전혀 그것을 인식하지 못하고 있었다.

극도의 탈진 속에 약간의 고통이 따랐지만, 허공을 나는 듯한 쾌감이 더 강했기에 이 순간이 영원하기를 바랐다.

"크으… 죽어도 좋다……."

이 순간 자요미의 눈에서 강렬한 자색 기운이 뿜어졌다.

'폐하, 소원대로 해드리죠.'

자요미는 황제와 바싹 몸을 밀착하고는 입을 맞추었다. 그

녀의 혀가 능숙하게 입안을 헤집자 황제는 눈을 게슴츠레 뜬
채 그녀에게 모든 것을 맡겼다.

자요미는 입을 통해 강력한 흡정섭양대법을 전개했다.

생명지기가 빨려 나가자 황제는 몽롱한 와중에도 위기를
직감했다. 하지만 이미 팔다리의 힘이 풀어져 꼼짝할 수가 없
었다.

"크으……!"

눈을 부릅뜬 황제는 마지막으로 진저리를 치고는 축 늘어
졌다.

자요미는 급히 황제의 맥을 짚고는 동공을 확인했다.

풀어진 동공과 멈춘 심장, 맥박 정지.

죽음의 증후가 확실했다.

소기의 목적을 달성한 자요미는 침소 밖으로 향해 다급하
게 외쳤다.

"큰일 났습니다! 폐하께서 숨을 쉬시지 않습니다!"

침소 밖에서 대기해 있던 조고가 벌떡 일어섰다.

"뭐, 뭐라?"

"흑흑, 폐하께서……!"

자요미의 울음 섞인 소리에 조고는 등줄기가 서늘해졌다.

"폐하, 잠시 들겠습니다!"

조고는 관례적으로 예를 표하고는 황급히 침소로 들어섰
다.

자요미는 바닥에 주저앉은 채 사색이 되어 있었다.

"흑흑, 이를 어쩌면 좋습니까?"

조고는 차마 황제의 알몸을 직시할 수 없어 비단 이불을 덮어주고는 안색부터 살폈다.

'허억, 이럴 수가!'

황제는 분명 숨이 멎었고 동공도 전혀 반응하지 않았다. 체온마저 빠른 속도로 떨어져 몸에서 벌써부터 서늘한 기운이 느껴졌다.

황제의 붕어!

엄청난 충격에 조고는 털썩 무릎을 꿇었다.

"크으, 폐하……!"

그러다 그는 무엇을 감지했는지 한쪽에서 다소곳 고개를 숙이고 있는 자요미를 쏘아보았다.

"대체 넌 어떤 계집이냐?"

자요미가 천천히 고개를 들었다. 눈가에 눈물 자국이 조금 남았지만, 그녀의 입가에서는 싸늘한 미소가 감돌고 있었다.

"태공공, 어서 어의를 부르시지요?"

"뭐, 뭐라?"

"물론 진류왕 전하께 먼저 고하시는 것이 순서입니다. 그래야 태공공께서도 무사하실 수 있지요."

조고는 비로소 자요미가 단지 황제를 섬기는 후궁으로 추천된 것이 아님을 직감하게 되었다. 그녀의 눈에 비친 자요미는 여인이 아니라 무서운 요녀였다.

황제를 죽인 요녀.

'이건… 명백한 역모다!'

2

야심한 시각에 호출을 받은 어의(御醫)는 건청궁에 당도한 순간부터 심상치 않은 분위기를 느꼈다.

건천궁 주변으로 수백 명의 금의위들이 철통같이 에워싸고 있었고, 궁전 내부에 동창 소속의 호위대까지 배치돼 있다는 것은 전례가 없는 일이었다.

어의가 침소로 들어서자 조고가 침중한 어조로 말했다.

"폐하께서 방사 도중 탈진하셨네. 한데 여태 깨어나시지 못하고 있어 걱정일세. 어서 진맥을 하게나."

"알겠소이다, 태공공."

어의는 휘장이 드리어진 침소로 다가섰다. 휘장을 열고 들어선 어의는 황제의 용안을 보는 순간 가슴이 철렁 내려앉았다.

황제는 잠을 자듯이 단정하게 눈을 감고 있었지만, 물씬 풍기는 죽음의 기운을 의원 특유의 직감으로 감지한 것이다.

"폐하, 그럼 진맥을 하겠습니다."

정중히 아뢴 어의는 이불을 젖히고 황제의 맥을 짚었다. 체온 한 점 없는 싸늘한 한기에 어의는 눈을 질끈 감았다.

'맙소사……!'

사람의 죽음을 판단하는 것이 사기판명법(四氣判明法)이다.

호흡과 맥박, 체온과 땀.

하지만 황제에게서는 그 어떤 징후도 찾아볼 수 없었다.

명백한 죽음 앞에 어의는 아무런 조치도 취하지 못하고 침상 앞에 부복했다.

"크으, 폐하!"

어의 뒤로 선 조고가 굳은 표정으로 물었다.

"어찌 되셨는가?"

어의는 턱을 덜덜 떨면서 어렵사리 대답했다.

"부… 붕어하셨습니다."

조고는 이미 알고 있었던 터라 별반 놀라워하지 않았다.

"확실한가?"

"예, 태공공."

"사인은 무엇인가?"

"평소 신허증이 심하셨는데… 과도한 방사로 인해 모든 정기가 소진되신 듯합니다."

"독살의 징후는?"

"전혀 없습니다."

"그렇군."

조고는 싸늘한 시신이 되어 누워 있는 황제를 바라보며 나직이 뇌까렸다.

"그렇다면 폐하의 붕어는 급살이 아닌… 천수로 봐야겠어."

이때 문밖에서 환관의 간드러진 외침이 들려왔다.

"진류왕 전하께서 납시셨습니다!"

곧바로 문이 열리며 사십대 초반의 사내가 들어섰다.

틀어 올린 상투에 금비녀를 꽂았고 화려한 금포를 거친 사내는 아주 수려한 용모의 소유자였다.

눈썹은 짙었고 봉의 눈을 지녔으며 콧날도 반듯했다. 다소 빠른 하관과 얄팍한 입술이 아쉬웠지만 타고난 기품과 귀티는 그 정도 흠을 가려주기에 충분했다.

진류왕 주문옥(朱文鈺).

선황제의 후비 소생으로 금상황과는 이복형제지간이다.

선황제가 후사를 정할 때 그가 잠시 황태자 후보로 거론되기도 했지만, 적통인 금상황에게 특별한 흠결이 없었기에 주문옥은 그저 수많은 황자(皇子) 중 하나로 머물러야 했다.

금상황이 등극한 후 주문옥은 진류에 봉해지면서 진류왕이 되었다.

통상 군왕은 황도에 머무를 수 없지만 진류왕은 수개월에 한 번씩 진상품을 올린다는 명목으로 황궁을 찾아와 황제를 배알하곤 했다.

황제도 그런 진류왕의 성의와 충심을 높이 평가해 궐내에 머물 수 있도록 전각을 한 채 내주었다. 때마침 진류왕은 황도에 머물러 있었기에 신속히 입궐할 수 있었던 것이다.

"전하를 뵈옵니다."

조고와 어의가 예를 표하자 진류왕이 경직된 표정으로 물었다.

"조 태감, 이런 청천벽력이 정녕 사실이란 말이오?"

조고는 선뜻 대답을 하지 못하고 어의에게 시선을 돌렸다.

어의는 자신의 직분이기에 대신 대답했다.

"망극하옵게도… 폐하께서 승하하셨습니다."

"오오……!"

진류왕은 이마를 짚으며 비틀거렸다. 엄청난 충격 때문인지 얼굴색이 희게 변했다.

조고가 급히 진류왕을 부축했다.

"전하, 부디 심기를 굳건히 하십시오."

조고가 눈짓을 보내자 어의는 진류왕의 혈을 몇 곳 지압해 주었다.

진류왕은 그제야 정신을 차리고는 침소를 향했다.

"믿을 수 없어. 내 눈으로 직접 폐하를 뵈어야겠소."

휘장을 밀치고 침소로 들어선 진류왕은 회색빛으로 변색해 있는 황제의 얼굴을 보고는 몸을 떨었다.

"폐하, 소신 문옥입니다!"

죽은 자는 말이 없기에 아무런 반응도 없다.

진류왕은 황제의 싸늘한 손을 감싸 쥐고는 털썩 무릎을 꿇었다.

"크으, 폐하! 이 무슨 날벼락이란 말입니까? 형님……!"

진류왕은 피를 토하듯 통곡을 하며 눈물을 뿌렸다.

워낙 비통한 애도에 조고는 잠시 전 품었던 진류왕에 대한 의혹을 지워야 했다.

한동안 통곡하던 진류왕이 침통한 모습으로 침소에서 나섰다.

"어의는 별도의 명이 있을 때까지 건천궁을 떠나지 말라."

어의에게 금족명을 내린 진류왕은 슬며시 조고의 소매를 잡아끌었다.

"조 태감은 나를 잠시 봅시다."

진류왕이 조고와 함께 이른 곳은 동창태감의 전각이었다.

전갈을 받은 동창태감이 문밖까지 나와 진류왕과 조고를 맞이했다.

"드시지요, 전하."

"음, 들어가세."

진류왕이 먼저 전각으로 들어서자 동창태감이 조고에게 가볍게 묵례를 취했다.

"드시오, 장인태감."

모든 환관을 호령하는 장인태감이지만 동창태감 역시 만만치 않은 권력자였다.

　황제 직속 첩보 기관인 동창(東廠)은 영락제 때 창설된 이래 황궁에서 가장 막강한 권한을 지닌 부서가 되었다.

　황궁무고의 무공을 수련한 동창의 환관들은 은신과 잠입에 능했으며 정치적인 척살까지 감행할 수 있기에 황궁에서도 가장 두려운 존재들이었다.

　그런 연유로 동창을 관장하는 동창태감들은 재상들의 직위마저 위협할 수 있었기에 그 위세가 상전인 장인태감과 버금갈 정도였다.

　동창태감은 사마진(司馬診).

　그의 체구는 장인태감 조고의 깡마른 몸과 극히 대조를 이룰 만큼 비대했다. 눈은 단춧구멍만큼 작아 동공이 잘 보이지 않을 정도였고 배는 불룩해 만삭의 임산부를 방불케 했다.

　환관들이 비만승에 잘 걸리는 이유는 양불을 거세한 생리적인 이유 때문이다. 사내의 욕정을 발산할 수 없는 그들은 상대적으로 재물과 음식을 탐하다 보니 투실투실한 비만이 될 수밖에 없는 것이다.

　동창 접견실에는 간단한 주안상이 차려져 있다.

　황제가 붕어했기에 언행과 음식마저 삼가야 할 상황이지만 사마진은 술상을 차려 놓았고, 진류왕은 그것을 마다하지 않았다.

　"폐하의 애도를 위해 마시세."

　진류왕과 사마진은 건천궁 방향을 향해 술을 올리는 예를 표하고는 술잔을 비웠다.

빈 술잔을 내린 진류왕은 조고가 응하지 않자 은근한 어조로 물었다.

"조 태감은 본좌의 비례를 나무라는 것이오?"

"당치 않소이다, 전하. 노신은 술을 별로 즐기지 않소이다."

"그렇다 하더라도 지금 이 자리는 대사(大事)를 논하는 자리이니 한 잔 마셔야 할 것이오."

"대사라 하시면……"

조고가 의혹의 눈빛을 발하자 사마진이 희미한 미소를 띠며 대신 말을 받았다.

"장인태감, 하늘에 한시도 태양이 없어서는 안 되듯이 제위는 하루라도 비울 수 없소. 전하께서 언급하신 대사는 바로 그것을 말하는 것이오."

"사마 태감! 황실에 이미 황태자께서 엄연히 계시니 서둘러 파발을 보내 황태자 저하를 모셔와야 하는 것이 당연하네. 저하께서 환궁하시면 문무대신들의 추대를 받아 제위에 오르는 것이 법도가 아닌가? 절차가 이미 정해졌거늘 무슨 대사를 논하자는 것인가?"

조고가 강하게 반박하자 사마진의 눈에서 차가운 눈빛이 뿜어졌다.

"장인태감께서 아직 모르시는 게 있구려. 소신은 이미 폐하의 밀명을 받아 향산 별궁으로 동창의 명참대를 파견했소."

명참대(冥斬隊)!

이는 동창 일천 환관 무사들 중에서 가장 뛰어난 무공을 지닌 척살 전문부대를 말한다. 관부와 군부의 고위 관리들이 갑작스럽게 급살을 당하는 데에는 이들 명참대가 은밀하게 관여했기 때문이라는 것은 공공연한 비밀이었다.

조고는 가슴이 덜컥 내려앉았다.

황태자를 모셔오는데 명참대가 파견됐다. 이것은 곧 황태자 척살을 의미했다.

금상황의 적통인 황태자 척살!

이로써 황제의 날벼락 같은 죽음이 이미 계획된 음모였음이 밝혀진 셈이다.

'허어, 자칫 내 목이 위험하겠구나!'

조고는 빠르게 생각을 굴렸다.

세 명의 황제를 모셔온 원로 환관이었지만 그는 황실을 향한 충정보다는 자신의 안위와 노후를 더 중시하는 사람이었다.

황태자는 이 년 전 황제의 진노를 사 향산의 별궁으로 축출된 상황이기에 조정의 기반이 허약했다. 더군다나 황후가 타계한 이후 황태자의 외가는 몰락해 대부분 지방으로 좌천된 상황이므로 조정에서는 황태자의 등극을 반기지 않았다.

물론 황태자 외에도 여러 명의 황자가 있지만 지금 상황에서는 나이 어린 황자들이 제위에 등극할 가능성은 거의 없다고 봐야 했다.

조고는 힐끗 진류왕을 살폈다.

'사마진은 이미 진류왕과 내통했다. 이들과 한자리에 앉은 나도 저절로 한통속이 된 것이다. 이 자리에서 반발했다가는 나는 황궁을 벗어나기도 전에 죽고 만다.'

어차피 누가 제위에 오르든 황족인 주씨(朱氏)라면 문제 될 것이 없었다. 자신의 장인태감 자리만 보존된다면 말년을 편히 보낼 수 있기 때문이었다.

조고는 떨리는 손으로 술잔을 쥐었다.

"전하, 적통이 환궁하지 못하면 황자 중에서 새로이 황태자를 책봉해야 하오이다. 그동안 폐하를 대신해 정사를 다스려야 할 분이 계셔야 하는데 현 상황에서는 전하께서 가장 적임이라 사료되오이다."

"본좌가 그럴 자격이 있겠소?"

진류왕은 한 차례 마음에도 없는 겸손을 떨었다.

"노신이 알기로 오래전 토목의 변 때도 성왕 전하께서 감국(監國)을 맡으신 전례가 있었소이다. 금상황의 갑작스러운 붕어로 혼란에 빠질 황실과 나라를 안정시키기 위해서라도 전하께서 감국에 오르셔야 하오이다."

조금은 껄끄럽게 생각한 장인태감이 자신 편으로 기울자 진류왕은 빙그레 미소를 띠었다.

"감국이라… 그것이 종묘사직을 받들고 황실을 안정시키는 길이라면 황족의 일원으로 마다할 수가 없겠군."

진류왕은 기분 좋게 술잔을 비우고는 조고에게 넌지시 물었다.

"본좌의 감국 등극을 탐탁잖게 생각할 자들이 누가 있겠소?"

조고는 문무대신들의 성향과 기질을 빠르게 헤아렸다.

"덕망 높으신 전하께서 감국에 오르시는 데에는 누구도 이의를 제기하지 않을 것이외다. 다만… 향산의 황태자 문제가 마음에 걸리외다."

그러자 사마진이 대수롭지 않은 어투로 말을 받았다.

"황태자가 황궁에서 축출된 지도 벌써 이 년이 넘었소. 그 사이 황태자가 폐하를 몰아내려는 역모를 꾀하고 있다는 사실이 동창에 포착되었소. 황태자는 반역자로 토벌될 것이니 전혀 문제될 것 없소."

황태자의 역모.

조고는 마음 한구석이 찜찜했다.

'황실의 적통인 황태자 저하가 반역자라는 오명을 뒤집어쓰고 죽어야 한다니… 구천에 계신 황후마마께서 통곡을 하시겠구나.'

하지만 그에게는 당장 황태자를 구할 역량이나 의지조차 없기에 폭풍처럼 전개되는 상황을 묵묵히 지켜볼 수밖에 없었다.

진류왕은 사마진을 향해 짐짓 엄한 표정으로 명을 내렸다.

"동창태감은 들어라. 이틀 안에 반역자 주환(朱桓)의 목을 본좌에게 바쳐라."

자리에서 일어선 사마진이 정중히 허리를 굽혔다.

"명을 받드옵니다, 전하."

3

휙휙—!

야음을 뚫고 이동하는 무리의 몸놀림이 날렵했다. 다양한 병기를 휴대한 무리는 바람 소리만 흘리며 소오대산을 넘어 갔다.

그들의 행선지는 향산.

검은 복장에 검고 붉은 띠를 두른 그들은 이십대 중반에서 삼십대 초반의 청년들이었다. 하나같이 용모가 단정했고 눈 빛이 예리했지만, 수염이 전혀 없었다.

그들은 손에 창을 쥐었고 등에 검을 멨다.

이들이 바로 동창의 환관 무사들로 구성된 명참대였다.

동창은 일천 명의 번역(番役)과 백 명의 당두, 두 명의 첩형 으로 구성돼 있는데 명참대 소속 무사들은 모두 당두(戃頭)에 해당된다.

이들은 은신과 잠입에 능하며 상대가 누구이든 가차없이 벨 수 있는 차가운 피의 소유자들이다. 명참대에는 이처럼 혹 독하게 수련시킨 당두들이 배속된다. 이들에게는 동창태감에 대한 절대적인 충정이 있을 뿐 황명조차 통하지 않는다.

명참대의 첩형 곽자영(郭刺影).

태감 다음의 직위가 첩형(貼刑)이며 명참대를 관장하는 곽자영이 동창 제일의 고수이다.

등에 검을 멘 곽자영은 무심한 눈빛으로 향산을 바라보면서 일말의 갈등마저 정리했다.

'동창은 오직 상전의 명에만 따른다. 생각하지도 말아야 하며 판단해서도 안 된다. 이번에 척살할 대상은 황태자가 아니라 그저 황실의 반역자일 뿐이다!'

향산 기슭에 이른 명참대는 잠시 멈춰 섰다.

명참대를 향해 돌아선 곽자영이 비로소 이번 임무를 설명했다.

"이번 출동의 표적은 향산에 유배되어 있는 황태자 수환이다!"

척살 대상이 황태자!

비로소 자신들의 죽여야 할 대상을 알게 된 당두들은 심각한 표정으로 서로를 바라보았다. 그들이 아무리 냉혈의 살수라 해도 황실에 속한 신분이기에 황태자 척살은 충격이 아닐 수 없었다.

황제의 적통이자 차기 황제인 황태자 척살은 태양을 베는 것과 같은 중압감을 주었기에 다들 가슴 한 자락이 서늘해졌다.

곽자영은 당두들의 심정을 간파한 듯 냉엄한 어조로 임무를 주지시켰다.

"너희는 어떤 생각도 하지 마라. 그저 주어진 명에 복종하는 것이 너희가 존재하는 이유다. 물론 나도 마찬가지다!"

당두들과 하나씩 눈을 마주친 곽자영은 그들의 눈빛을 통해 흔들림이 없음을 확인했다.

동녘으로 여명이 밝아오자 곽자영은 허리춤에서 면구를 꺼내 들었다.

"착용!"

짤막한 명령이 하달되자 당두들은 모두 면구를 뒤집어썼다. 하나같이 흉측한 귀신탈이라 당두들은 마치 저승에서 파견된 듯한 귀면사자(鬼面使者)로 변했다.

명참대 당부들을 쓸어본 곽자영이 나직이 명했다.

"진군!"

곽자영과 명참대 당두들은 각기 수풀과 바위 등 은폐물을 이용해 모습을 감추었다. 향산의 지형은 완만한 편이었지만 당두들은 자연 속에 스며들었기에 그들의 접근을 터럭만치도 드러내지 않았다.

향산 별궁이 가까워지자 곽자영이 싸늘하게 외쳤다.

"잠형!"

第二章 비운의 황태자

1

향산(香山)은 황도 북경에서 서쪽으로 삼백여 리 떨어진 곳
에 자리한 아담한 산이다. 완만한 산세라 골이 깊지 않고 봉
우리도 높지 않지만, 물이 풍부하고 특히 봄꽃과 가을 단풍이
아름답다.

이 년 전에 한 귀공자가 향산 남쪽에 자리한 이후 양민들의
출입이 제한되었는데 귀공자가 누구인지는 대부분 알지 못했
다. 그저 고귀한 황족으로만 알고 있을 뿐이었다.

온 산에 바람 가득하고
계수가 급히 흐르니

차가운 빗방울에
마른 가지가 젖는다네.
마른 쑥이 우거진 옛 성에는
구름이 걷히지 않는데
흰 여우가 뛰어오르자
누런 여우가 일어선다네.

두보의 비가(悲歌)를 읊조리는 음성이 고즈넉하게 울려 퍼지고 있었다.

자그마한 정자 난간에 걸터앉아 칠현금을 뜯으며 두보의 시를 노래하는 사람은 이십대 초반의 청년이었다.

청년은 머리를 금색 천으로 동여맸고 빛바랜 금의를 걸쳤지만 타고난 기품과 귀티를 모두 가릴 수는 없었다.

궁벽한 산중에
나는 어찌 살아야 하는 것인가
한밤중에 일어나 앉으면
만 가지 시름이 모여드는구나.

지극히 눈을 감고 칠현금을 뜯는 귀공자의 모습은 수려하면서도 꿋꿋한 기개가 엿보였다.

붓으로 그린 듯 짙은 눈썹, 구름을 뚫고 솟은 고봉 같은 콧

날, 그리고 자조적인 미소를 머금고 있는 선명한 입술…….

규방의 여인들이 꿈꾸는 미장부의 모습이 바로 그러했다.

땅… 땅땅… 땡……!

본래 맑고 신명 나는 칠현금 선율이었지만 귀공자의 비가
와 함께 탄주되어서인지 가슴을 저릴 듯 처연했다.

아, 다섯 번째 노래를 부르니
이 노래 멀리 이어져
혼이 돌아오지 않더라도
고향에 갔으면…….

귀공자가 비가를 마치자 주변의 시비들과 환관, 호위무사
들은 감동에 겨워 절로 눈물을 뿌렸다. 비가를 통해 산섭적으
로 드러난 귀공자의 불우한 처지가 심금을 울린 탓이다.

귀공자가 바로 황태자 주환(朱桓).

그는 금상황의 적통이자 장자로 오 년 전 타계한 정인황후(正
仁皇后)의 소생이다.

주환은 열 살 이전에 사서오경과 십팔사를 통달할 만큼 영
특함을 보였고 금기서화에도 능했다. 워낙 빼어난 역량에 일
찌감치 황태자로 책봉되었지만 이로 인해 여러 황자들로부터
시기를 받기도 했다.

주환의 불운은 모후인 정인황후가 타계하자마자 시작되

었다.

후궁을 겁탈했다는 참소부터 장성의 수비군과 결탁해 금상황을 몰아내고 제위에 오르려 한다는 등의 역모설이 끊이지 않았다.

결국, 이 년 전 황제는 주환을 향산의 별궁으로 축출했다. 말이 좋아 별궁이지 허름한 초옥은 유배지나 다름없었다.

"흑흑……!"

애써 참으려는 울음소리에 주환은 스르르 눈을 떴다.

"소빈아, 울음을 그쳐."

"예, 저하."

정자 아래에서 단정히 무릎을 꿇고 있던 여인이 애써 울음을 참으며 소매로 눈물을 닦았다.

등에 검을 멘 단정한 무복 차림의 여인은 주환의 호위장인 냉소빈(冷蘇斌)이었다. 주환이 향산 별궁으로 쫓겨나자 외조부인 평원공(平原公)이 황태자의 경호를 위해 그녀를 보내 호위장으로 삼은 것이다.

주환이 정자 난간에서 내려섰다.

"두보는 정녕 시성(詩聖)이구나. 철혈의 여전사인 소빈의 눈에 눈물을 흘리게 만드니 말이야."

"속하가 어찌 시를 알겠습니까? 황궁을 지척에 두고도 돌아가지 못하는 저하의 안쓰러운 처지에 그저 눈물이 흘렀을 뿐입니다."

"소빈, 너는 내가 황궁으로 돌아가지 못함을 안타까워하지만 솔직히 나는 이곳 별궁 생활이 더없이 편해. 폐하께 문안을 올리지 못하는 것이 죄스러울 뿐 난 평생 황궁으로 돌아가지 않아도 아쉬울 게 없어."

"당치 않으십니다. 폐하의 적통이신 저하께서는 언제고 황궁으로 귀환하시어 제위에 오르시게 될 겁니다. 성군이 되실 그날까지 부디 고초를 참으십시오."

"제위에 오르면 이런 자유로운 생활을 어찌 만끽할 수 있겠어?"

주환은 냉소빈의 손을 쥐고 일으켜 세웠다.

"할 수만 있다면 황태자 자리도 마다하고 싶구나."

"저하……?"

"만일 네가 황궁에서 십 년쯤 살아온 공주라면 내 심정을 이해했을 거야."

주환은 별궁 주변으로 흐드러지게 핀 들꽃을 바라보다가 검미를 슬쩍 치켜 올렸다.

"이상하군. 오늘따라 향산의 꽃이 빛깔을 잃었고 향기도 느껴지지가 않아."

냉소빈 역시 절정급 고수답게 예사롭지 않은 분위기를 감지했다.

'뭐지, 이 비릿한 냉기는?'

이때였다.

와지끈—!

나무 방벽이 무너지면서 귀면탈을 쓴 자들이 대거 뛰어들었다. 바로 명참대 당두들이었다. 그들이 별궁까지 난입했다는 것은 외곽을 경계하던 호위무사들이 이미 모두 제거되었음을 의미했다.

냉소빈이 검을 뽑아 들며 주환을 가로막았다.

"저하를 보호하라!"

시비와 환관들이 일차적으로 주환 주변을 에워싸자 호위무사들이 이중으로 방어벽을 형성했다.

곽자영은 주환을 둘러싼 호위무사들을 향해 검을 겨누었다.

"표적이 저 안에 있다!"

명참대 당두들은 일제히 호위무사들을 향해 달려들었다. 양측이 격돌하면서 날카로운 금속성과 함께 불똥이 튀었고 곧바로 비명 소리가 난무했다.

"아악!"

"크억!"

명참대 당두들은 동창에서도 가려 뽑은 일류급 무공의 소유자들이라 수적으로 우위인 호위무사들로서도 역부족이었다. 당두들의 검이 번득일 때마다 방어벽이 빠른 속도로 무너졌다.

세 명의 당두가 방어벽을 뚫고 안쪽까지 파고들었다.

시비들이 비수를 휘둘렀지만, 삼류에 불과한 그녀들의 무공으로는 당두들을 감당하기에 역부족이었다. 대번에 시비들을 벤 당두들은 표적인 주환을 향해 달려들었다.

이때 냉소빈이 싸늘한 한기를 발하며 검화를 발출했다.

"어림없다, 귀신들!"

피피핑!

일곱 개의 칠성검화가 피어오르며 당두들을 향해 내리꽂혔다. 당두들은 일제히 방향을 틀며 검화를 후려쳤다.

따— 따땅!

검화에 실린 심후한 공력 때문인지 검을 쥔 당두들의 손이 심하게 떨렸다.

냉소빈은 재차 검을 휘둘러 당두들을 밀어내고는 주환 옆으로 바싹 붙어 섰다.

"피하셔야 합니다, 저하."

주환은 자신을 경호하기 위해 사력을 다하는 호위무사들과 시비들을 쓸어보았다.

"아, 사람의 목숨은 똑같이 귀한데 나 하나 때문에 어찌 이들이 희생되어야 한단 말인가?"

"그것이 저들의 임무이자 사명입니다."

냉소빈은 상황이 급박해지자 주환의 허리에 팔을 둘렀다.

"무례를 용서하십시오, 저하."

주환을 감싸 안은 냉소빈은 별원 쪽으로 몸을 날렸다.

"살수들을 차단하라!"

호위무사들은 일제히 뒤로 이동하면서 주환의 피신을 지원했다. 목숨을 내던진 처절한 혈투가 전개되었지만 당두들의 창검에 호위무사들의 숫자는 급속도로 줄어들었다.

2

냉소빈은 빽빽하게 치솟은 백양나무 숲으로 뛰어들었다.

그녀는 황태자의 호위장으로 비상사태에 대비한 도피로를 몇 군데 확보해 두고 있었기에 조금도 망설이지 않고 백양림을 따라 신법을 펼쳐갔다.

냉소빈은 추격자가 없는지 배후를 살피고는 말했다.

"저하, 가장 안전한 곳은 황궁입니다. 그곳으로 모시겠어요."

한데 주환은 침중한 표정으로 고개를 저었다.

"이 나라 황태자인 내가 습격을 받았어. 그것은 황궁에 불미스런 사태가 발발했음을 의미하지. 이런 상황에서 과연 황궁이 안전하겠어? 게다가 난 황명이 있을 때까지 황궁으로 귀환할 수 없는 몸이야. 살수들에 의해 횡사를 할지언정 황명을 거역할 수는 없구나."

"저하……!"

냉소빈이 안타까운 표정을 짓자 주환은 마지못한 듯 고개를 끄덕였다.

"그래, 황궁만 아니라면 어디든 상관없어."

냉소빈은 어쩔 수 없이 황궁 행을 포기해야 했다.

"알겠습니다. 일단 이곳을 벗어난 후 안전한 피신처를 찾아보겠습니다."

냉소빈은 빠른 속도로 나무 사이를 비월했다. 일순 예리한 바람 소리가 두 사람의 귓속으로 파고들었다. 흠칫 놀란 냉소빈은 급히 방향을 틀어 솟구쳤다.

우지끈!

한 아름이나 되는 백양나무가 대번에 허리를 꺾었다.

어느새 추격해 왔는지 귀면탈을 쓴 자가 내려서며 앞을 가로막았다. 탈바가지 사이로 뿜어지는 눈빛이 차가웠지만, 그가 쥔 검에서 발출되는 검기는 더욱 차가웠다.

'엄청난 내가고수다!'

본능적인 압박감에 젖은 냉소빈은 주환을 나무 사이로 내려놓았다.

"저하, 속하가 감당하지 못할 수도 있습니다. 그래도 목숨을 걸고 막아볼 테니 속히 피신하십시오."

주환은 냉소빈의 어깨를 따뜻하게 다독여 주었다.

"내 걱정은 마. 사람의 목숨은 하늘에 달렸지. 생사에 연연하지 말자."

주환의 의연한 모습에 냉소빈은 눈시울이 뜨거워졌다. 만

승천자에 오를 고귀한 신분으로 이렇듯 쫓겨야 한다는 현실이 원망스러웠다.

"반드시 저하를 지켜 드리겠습니다."

냉소빈은 지그시 입술을 깨물고는 귀면탈을 향해 돌아섰다.

냉혹한 눈빛의 귀면탈은 다름 아닌 명참대의 첩형 곽자영이었다. 그의 시선은 자신을 막아선 냉소빈이 아니라 주환에게 고정돼 있었다.

동창의 첩형 신분이라도 황태자와 대면하기는 쉽지 않기에 그가 마지막으로 주환을 본 지도 칠 년이 훨씬 넘었다. 당시는 소년이었던 어린 황태자가 이렇듯 어엿한 청년으로 성장했으니 감회가 새로웠다.

어렸을 적부터 친화력이 뛰어난 황태자는 황궁의 환관들뿐만 아니라 궁녀들에게도 호감의 대상이었다. 곽자영 역시 제위를 계승할 황태자에게 약간의 충성심을 지니고 있었다.

하지만 변화무쌍한 게 정치라 지금은 그가 직접 황태자를 척살하기 위해 나서게 되었으니 한 치 앞을 예측할 수 없는 것이 황족의 운명이었다.

"악적! 네 상대는 나다!"

냉소빈은 주환을 향한 곽자영의 시선을 가로막았다.

곽자영은 늘어뜨린 검을 천천히 치켜들었다. 상대가 황태자라면 조금이라도 주저하겠지만, 한갓 호위장이라면 상대를 베는데 꺼릴 이유가 없었다.

"차앗!"

냉소빈은 득달같이 달려들며 검화를 발출했다.

일곱 개의 칠성검화가 허공을 수놓으며 순간적으로 곽자영의 시선을 어지럽혔다. 이어 추락하는 유성처럼 곽자영의 요혈을 향해 검화가 날아들었다.

'계집치고는 제법이군.'

곽자영은 황궁 비전의 호천검법으로 맞섰다.

따— 따땅!

대번에 검화를 쳐낸 곽자영은 기이한 신법으로 흐느적거리며 검을 휘둘렀다. 검극에서 뿜어지는 두 자 길이의 검기를 동반한 탓에 파공성이 고막을 찌를 듯 날카로웠다.

'특급 살수로군!'

냉소빈은 지그시 이를 깨물며 정면으로 맞섰다. 다수의 귀면살수들이 추적해 오기 전에 피신해야 할 상황이라 위험을 각오한 속전속결을 노렸다.

"뇌정추혼!"

비장의 구명절초를 발출한 냉소빈은 상대의 공세를 무시한 채 검을 내질렀다.

곽자영은 냉소빈의 양패구상을 시도하자 급히 유환잠영보를 전개해 냉소빈의 검을 피해냈다.

찌이익!

　　냉소빈의 검이 곽자영의 옷자락을 길게 스쳤다. 하지만 그녀가 혼신의 힘을 기울인 것치고는 타격이 미미했다. 오히려 곽자영의 반격이 더 강력하게 펼쳐졌다.

　　빙글 회전한 곽자영은 동시에 세 가닥의 검기를 발출했다. 세 가닥 검기는 각기 냉소빈의 목과 가슴, 하반신으로 파고들었다.

　　냉소빈의 눈망울이 절로 부풀어 올랐다.

　　'아……!'

　　세 가닥 검기를 모두 차단하기는 불가한 상태였다. 냉소빈은 검을 휘둘러 두 가닥 검기를 쳐내고는 왼손에 진기를 주입시켜 마지막 검기를 막아냈다.

　　차차창!

　　날카로운 금속성과 함께 냉소빈의 검이 튕겨 올랐고 답답한 신음이 뒤를 이었다.

　　"흐윽……!"

　　삽시간에 피투성이로 변한 냉소빈이 비틀비틀 물러섰다.

　　어깨와 옆구리에 곽자영의 검기가 스치면서 푸른 옷이 보랏빛으로 물들었다. 특히 맨손으로 검기를 쳐내면서 입은 왼손의 부상이 심해 허연 뼈가 드러날 정도였다.

　　냉소빈이 부상을 당하자 주환은 안타까운 한숨을 내쉬었다.

　　"소빈, 괜찮아?"

냉소빈은 자신의 부상보다 황태자를 지킬 수 없다는 사실
에 더 절망했다.

"저하… 송구합니다."

곽자영은 사신처럼 주환을 향해 다가섰다.

"안 돼!"

냉소빈이 악을 쓰며 곽자영 앞을 막아섰다.

"무도한 놈! 네가 어찌 황태자 저하를 해치려는 것이냐?"

곽자영은 아무런 대꾸 없이 검을 치켜들었다. 그의 가벼운
일검에 냉소빈이 동강 날 상황이었다.

이때 주환이 바닥에 꽂혀 있는 냉소빈의 검을 뽑아 들었다.

"멈춰! 네 표적은 나잖아?"

검을 쥔 주환은 냉소빈을 당당히 가로막았다.

"소빈은 잠시 물러서 있어."

"저하……?"

"내가 기이한 시문을 통해 검법을 한 수 배운 게 있다. 요
행히 저자를 물리친다면 우리는 살 수 있을 거야."

"저하, 상대는 무서운 살수입니다."

"아니야. 하늘이 두려워 그저 귀신 탈바가지를 쓴 가짜 귀
신일 뿐이지."

주환은 냉소빈의 어깨를 다독이고는 곽자영과 마주 섰다.

이때 귀면탈을 쓴 당두들이 속속 백양림 속으로 날아들며
주변을 에워쌌다.

당두 하나가 보고를 올렸다.

"모조리 제거했습니다."

"흔적은?

"깨끗하게 치웠습니다."

"알겠다."

곽자영은 가볍게 소매를 내저었다.

"물러서 있어라. 표적은 내가 직접 제거하겠다."

주환과 곽자영의 거리는 이 장 남짓.

주환은 곽자영을 주시하며 차분한 어조로 물었다.

"누구의 사주를 받은 거냐?"

"……."

"흐음, 대답을 못하는 것을 보니 나를 죽일 자신이 없나 보구나?"

주환의 조롱에 곽자영은 아무런 대꾸없이 쾌검을 발출했다. 황태자의 고귀한 신분을 감안해 고통없는 최후로 끝내겠다는 의도였다.

번—쩍!

현란한 광휘가 번득이자 냉소빈은 고개를 돌리며 소매로 눈가를 가렸다.

'아, 저하……!'

한데 외마디 비명 대신 맑은 금속성이 그녀의 귓속으로 파고들었다.

차앙……!

깜짝 놀란 냉소빈이 고개를 돌려 장내를 보았다.

곽자영이 발출한 쾌검은 주환의 목을 한 치 앞에 두고 멈춰 서 있었다. 일촉즉발의 상황에서 주환이 곽자영의 쾌검을 막아낸 것이다.

요행이라 하기에는 주환의 표정이 너무 담담했다.

전혀 예상치 못한 상황에 곽자영은 눈을 부릅떴다.

'으읏, 황태자가 무공을?'

뒤로 물러선 곽자영은 검극에 진기를 운집했다.

츄리릭!

검극에서 검기가 뿜어지면서 일시에 주환을 향해 파고들었다. 웬만한 고수라도 막아내기 힘든 상승검법이었다.

주환은 반사석으로 허리를 틀어 검기를 피했다.

팟!

검기에 스친 어깨 부위가 붉게 물들었지만, 가까스로 위기는 모면할 수 있었다.

주환은 고통을 참으며 정신을 가다듬었다.

'집중해, 환. 한갓 살수들에게 개죽음을 당할 수는 없지 않느냐?'

그는 십여 년 넘게 뇌리에 새겨둔 진결을 떠올렸다.

일반 사람들은 그 형상도 구분하기 힘든 과두문.

망아지경에 몰입한 주환은 느릿느릿 움직이며 검을 휘둘

렀다.

"창공을 나는 봉황은 천계에 이르고, 어둠을 맴도는 올빼미는 명계를 여는구나!"

청명한 노랫소리가 울려 퍼지면서 화려한 검화가 피어올랐다. 곽자영은 별반 대수롭지 않게 생각하며 가볍게 검을 휘둘렀다.

차차창!

검을 통해 전해지는 반탄력에 곽자영은 경악을 금치 못했다.

'어엇! 황태자가 내공까지?

심상치 않은 상황을 직감한 곽자영은 바싹 긴장하며 최고조의 살식을 전개했다.

쐐애액!

서슬 퍼런 검기가 부챗살처럼 펼쳐지며 허공을 현란하게 수놓았다.

살인 전문수법인 참영분폭!

하나하나의 검기는 제각기 호선을 그리며 주환의 요혈로 파고들었다. 검기에 실린 강력한 진기를 감안하면 하나의 검기에 적중되기만 해도 목숨이 위태롭다.

그러나 이런 급박한 위기 속에서도 주환은 한가롭게 시문을 읊었다.

"푸른 강물은 천 리를 흐르고 향기로운 바람은 만 리에 이르도다!"

밤하늘의 별처럼 무수한 검화가 흩뿌려지면서 급속도로 확산되었다.

따땅!

금속성이 터지면서 곽자영의 몸에 무수한 검흔이 새겨졌다. 다행히 상처가 깊지 않아 불구를 피할 수 있었지만 곽자영이 받은 심적 타격은 몸의 부상보다 열 배는 더했다.

주환이 검을 멈추자 허공 가득 피어올랐던 검화가 서서히 사라졌다.

이를 본 냉소빈의 눈에 절로 눈물이 흘러나왔다.

"아아, 저하!"

충격이며 감동이었다.

그저 시문이나 읊고 서화와 금음을 탄주하며 살아온 문약한 황태자가 이렇듯 신비로운 검법을 수련했을 줄은 꿈에도 몰랐던 것이다.

곽자영이 패퇴하자 주변에서 이를 지켜본 당두들은 경악에 젖고 말았다. 황태자가 설사 무공을 수련했다 해도 동창 최강의 고수인 첩형을 격패시켰다는 것은 자신들의 눈으로 보고도 믿을 못할 광경이었다.

곽자영은 주환을 직시하다가 분연히 외쳤다.

"죽여!"

명이 떨어지기 무섭게 당두들이 달려들었다. 전대가 창을 내질렀고 후대가 몸을 솟구쳐 주환을 향해 내리꽂혔다. 애초에 의도와 달리 난도를 해서라도 주환을 죽이겠다는 의지가 역력했다.

"허어, 무도한 귀신들이로군."

주환은 가볍게 고개를 젓고는 검을 회전시켰다.

"대붕은 천산에서 치솟고 일월은 창해에서 떠오르네!"

거대한 붕새가 날개를 펴듯 검형이 확산하면서 당두들을 휘감았다.

차차창―!

요란한 금속성과 함께 당두들이 무거운 신음을 토하며 연이어 나동그라졌다. 그들의 창은 동강 났고 검은 박살 났다.

주환이 펼쳐내는 신비로운 검법에 당두들은 속수무책이었다. 그나마 주환의 검에 살기가 담겨 있지 않아 목숨을 잃은 자는 없었다.

몇 차례의 격돌 끝에 당두들이 모두 나자빠지자 주환은 검을 뒤로 던졌다.

"가자, 소빈."

주환은 피에 젖은 냉소빈의 손을 쥐고는 수림 사이를 걸어갔다. 잠시 전까지 자신을 죽이려 했던 살수들을 배후에 두었지만 조금도 걸음을 서두르지 않았다.

주환의 그런 의연한 모습을 바라보는 곽자영의 심정은 착잡하기만 했다.

‘이것이 하늘의 뜻이란 말인가?

당두 하나가 조심스럽게 물었다.

“첩형, 이대로 보내시렵니까?

“…….”

“태감께 아뢰어 지원을 더 받는 한이 있더라도 황태자를 반드시 척살해야 합니다.”

곽자영은 잠시 생각하다가 고개를 끄덕였다.

“지원을 요청하고 즉시 추격에 나서라.”

“알겠습니다.”

당두들은 주환이 사라진 방향으로 몸을 날렸다.

곽자영은 얼굴을 쓴 면구를 벗었다. 핏기 하나 없는 창백한 얼굴에 고뇌의 빛이 역력했다.

‘황태자가 이런 초고수일 줄이야. 내 생전 이런 신비로운 검법은 처음이다!’

3

백양림을 빠져나온 냉소빈은 주환에게 길을 재촉했다.

“놈들이 저하의 신위에 놀라 잠시 넋이 빠졌지만, 다시 추격해 올 겁니다. 속히 피하셔야 합니다.”

“그보다는 네 부상이 심해 걱정이야.”

“속하가 놈들을 따돌리겠습니다. 저하께서는 능선 너머로 피하십시오.”

“무슨 소리. 나 때문에 호위무사들과 시비들이 모두 죽었
어. 내 주위에 남은 사람은 너뿐인데 어찌 너마저 나를 저버
리려는 거야?”

“그것이 아니오라 속하가 저하의 행보에 방해가 되기 때문
입니다. 저하께서는 행여 살수들에게 따라잡혀도 신비로운
검법으로 능히 저들을 막아낼 수 있지 않습니까?”

주환은 씁쓸한 고소를 머금었다.

“신비로운 검법? 솔직히 나는 어떻게 귀신탈들을 물리쳤는
지도 모르겠어.”

“예에……?”

“사실이야. 난 그저 고대의 시문을 떠올리며 나도 모르게
검을 휘둘렀을 뿐이지. 게다가 나는 너처럼 빠른 신법을 펼칠
줄도 몰라.”

냉소빈은 당최 이해가 되지 않았지만, 지금은 깊이 생각할
겨를이 없었다. 무엇보다 주환이 신법을 구사할 줄 모른다는
사실에 크게 낙담했다.

잠시 숙고하던 냉소빈은 옷을 찢어 부상당한 팔을 처매고
는 주환의 손을 쥐었다.

“속하가 모시겠어요.”

“일단 치료부터 해야 하는데 그 몸으로 괜찮겠어?”

“다행히 다리를 다치지 않아 신법을 구사하는 데에는 문제

가 없어요."

"알겠다. 가자."

주환이 허락하자 냉소빈은 가파른 비탈을 따라 몸을 날렸다. 사실 그녀는 가볍지 않은 내상까지 당한 상태였지만 자신의 몸을 돌볼 겨를이 없었다.

그녀의 임무는 어떻게든 주환을 안전한 곳까지 피신시키는 것이었다.

'하늘이시여, 제발 황태자 저하를 지켜주십시오!'

4

황제의 승하는 붕천(崩天)이라 하여 세상에서 가장 중대한 사건이자 황실의 위기이다.

날이 밝자 진류왕은 황제의 붕어를 공표했고 문무대신의 추대를 받아 감국에 올랐다. 감국은 황제를 대신하는 섭정의 직위였지만 공식적인 황제가 아니기에 대신들의 반발은 크지 않았다.

향산 별궁으로 축출된 황태자가 귀환하면 자연스럽게 제위를 계승할 것이기에 진류왕의 감국 추대는 오히려 흔들리는 조정을 안정시키는데 기여하는 정도로만 여겼다.

조정 대신들은 즉시 황제의 성대한 장례에 착수했다.

황제의 사인(死因)에 대해서는 밤새 정무를 보다 과로사한 것으로 공표되었다. 선황제의 성덕과 존엄함을 위한 조치였다. 어의가 이를 입증하면서 행여 있을 세간의 의혹을 차단했다.

황제의 편전은 감국이 된 진류왕의 집무실로 바뀌어 있었다.

집무 탁자 위에는 두 개의 책자가 놓여 있었다.

붉고 흰 책자.

붉은 책자에는 먹으로, 흰 책자에는 금분으로 이름이 쓰여 있었다.

이름 하여 생사부(生死簿).

통상 황제가 바뀔 때마다 조정 대신들도 대폭 물갈이를 겪게 된다. 사부(死簿)에 이름이 오르는 자들은 유배를 당하거나 참수를 당하기에 황실의 변고 때마다 대신들은 전전긍긍할 수밖에 없었다.

진류왕은 생사부의 명단을 확인하면서 장인태감 조고에게 물었다.

"왜 황태자의 외조부인 평원공은 명단에 없는 것인가?"

"평원공은 국구(國舅:국왕의 장인)의 신분임에도 조정에 출사한 적이 없습니다. 백성의 신망이 높으니 굳이 건드려서 좋을 게 없습니다."

"그렇군. 황태자마저 제거된다면 황실과 무관하니 무시하기로 하세."

진류왕은 느긋하게 기대앉으며 향긋한 용정차를 음미했다.

적통이 아니라는 이유만으로 제위를 계승할 수 없었다는 것은 평생의 한이었다. 한데 마침내 그의 오랜 숙원을 목전에 두었기에 더없이 행복했다.

사실 급살을 당한 황제가 수년 전부터 색욕에 빠져 국정을 저버린 것은 진류왕의 오랜 음모 때문이었다.

황제의 옥체를 위한 영약을 상납하면서 정력을 증진해 주는 약재를 함께 올렸다. 이로 인해 황제는 색욕을 주체하지 못하고 후궁들의 처소에만 틀어박히면서 점점 혼군이 되고 말았다.

물론 황태자가 향산으로 쫓겨난 것도 그의 교묘한 이간책 중 하나였다. 그러던 중 자요미라는 절세적인 요녀와 결탁하면서 황제의 수명을 앞당길 수 있었던 것이다.

황제의 승하에 이은 황태자의 비명횡사.

황제에게 황자들이 여럿 있지만, 그가 우려할 만한 왕재(王才)는 없었다. 이제 그가 제위에 오르는 절차만이 남은 것이다.

이때 문밖에서 환관의 간드러진 음성이 들려왔다.

"전하, 동창태감 입시옵니다!"

진류왕의 입가에 절로 미소가 피어올랐다.

"들라!"

문이 열리며 사마진 뒤뚱뒤뚱 들어섰다.

진류왕은 자상한 눈빛으로 사마진을 바라보았다.

"그래, 향산의 일은 깨끗하게 처리되었겠지?"

마른 침을 꿀꺽 삼킨 사마진은 털썩 무릎을 꿇었다.

"전하, 무능한 소신을 죽여주시옵소서!"

순간적으로 척살 실패를 직감한 진류왕은 손에 쥔 찻잔을 내던졌다.

"지금 무슨 소리를 하려는 거냐?"

사마진은 진류왕의 진노를 각오했기에 연신 고개를 조아렸다.

"황공하옵니다, 전하. 전혀 예상치 못한 사태로 인해 척살이 실패했습니다."

"예상치 못한 사태라니? 설마… 주환이 눈치를 채고 도주라도 한 게냐?"

"그것이 아니오라… 황태자가 놀라운 무공으로 첩형과 당두들을 쓰러뜨리는 바람에 놓치고 말았습니다."

진류왕의 표정이 묘하게 일그러졌다.

"주환이… 무공을 익혔다고?"

"예, 전하. 곽 첩형이 감당할 수 없을 만큼 경이로운 상승 검법을 전개했다는 보고입니다."

사마진은 실패의 원인이 황태자의 무공 때문임을 한껏 강조했다.

　황태자가 무공을 수련했다.

　그것도 동창의 첩형을 능가할 상승검법을!

　진류왕은 전혀 예상치 못한 사태에 잔뜩 인상을 찡그리며 조고를 돌아보았다.

　"장인태감, 이게 대체 어찌 된 건가?"

　"황태자가 황궁에 머무는 동안 무공을 수련한 적은 없었소이다. 아마도 향산 별궁에서 은밀히 수련한 듯하오이다."

　"그렇다면 고작 이 년 정도인데… 그 사이 그런 엄청난 고수가 될 수 있겠어?"

　"노신이 무학에 정통하지 않아 뭐라 말씀드릴 수가 없습니다. 하지만 동창의 첩형과 당두들의 포위망을 돌파했다면 그것이 가능한 듯하오이다."

　"이런, 이런!"

　진류왕은 연신 소매를 떨치며 왔다갔다 걸었다.

　그가 품은 야망의 유일한 걸림돌이 황태자였다. 한데 화근을 제거하지 못했으니 향후 사태는 예측할 수 없는 혼란에 빠지게 되었다.

　황태자의 귀환.

　그것은 생각만 해도 끔찍한 사태였다.

　진류왕은 전에 없는 살기를 발하며 사마진을 쏘아보았다.

　"본좌에게 무능한 신하는 필요 없다. 동창태감은 즉시 사퇴한 후 처분을 기다려라!"

사퇴는 전격적인 퇴출이기에 죽음을 의미한다.

그러자 조고가 급히 만류했다.

"전하, 동창에서 아직 황태자를 추격하고 있다면 동창태감을 제명해서는 아니 됩니다. 지금 중요한 것은 지금의 실패가 아니라 화근의 확실한 제거입니다."

황제를 삼대나 섬긴 노회한 환관답게 역시 사려가 깊었다.

진류왕은 자신의 경솔함을 자책하고는 사마진을 돌아보았다. 당장은 중요한 존재이기에 그는 표정을 풀고 사마진을 달랬다.

"주환이 고수인 줄은 전혀 예상치 못한 변수였네. 하지만 이제 알았으니 두 번은 실수가 없겠지. 그렇지 않은가, 동창태감?"

"물론입니다, 전하. 이미 지원군을 파견해 황태자를 추격하고 있으니 조만간 좋은 소식을 아뢸 수 있을 것입니다."

조고가 넌지시 충고해 주었다.

"황태자가 피신할 곳은 외조부가 있는 평원뿐일세. 지원군은 그쪽 길로 배치하게나."

사마진은 자신의 과오를 만회하기 위해 곧바로 응수했다.

"그렇지 않아도 지원군을 이미 평원으로 파견하였소."

진류왕은 그나마 사마진의 재빠른 대비를 인정했다.

"좋아, 한 치의 어긋남도 있어서는 안 되네. 본좌의 대사는 이제 동창에게 달려 있어."

"명심하겠습니다, 전하."

사마진은 정중히 예를 표하고는 편전을 나갔다.

진류왕이 자리에 앉자 조고는 새로운 찻잔에 차를 따라주었다.

"전하, 황궁무고에 들여보낸 자요미란 계집은 대체 누구입니까?"

"자요미라……."

진류왕은 차를 한 모금 마시고는 얘기해 주었다.

"그 계집은 지난겨울 진류왕부를 스스로 찾아왔네. 자요미는 자신이 무림인임을 밝히며 본좌에게 충성을 바치겠다고 했지. 어떠한 일도 마다치 않겠으니 황궁무고에만 들여보내 달라고 하더군."

"어린 계집이 맹랑하군요."

"훗, 어린 계집……?"

진류왕은 찻잔을 탁자 위에 내려놓았다.

"대체 어떤 계집인가 싶어 조사를 시켜 보았더니 의외로 대단한 신분이더군. 무림의 은밀한 문파 중 하나인 만화궁(萬花宮)의 궁주가 바로 그녀였네."

"그 나이에 일문의 지존이란 말입니까?"

"그게 나도 이해가 되지 않아. 십수 년 전부터 만화궁의 궁주라 했으니 어린 나이는 아니겠지. 무림에는 주안술이라는

기이한 수법이 있어 백 살을 먹어도 젊음을 유지할 수 있다고
들었네."

진류왕은 묘한 미소를 띠며 물었다.

"한데 왜 갑자기 그 요녀에 대해 묻는 건가? 설마 폐하의
마지막 성은을 받은 계집을 조 태감의 첩실로 들이려는 의도
는 아니겠지?"

"당치 않소이다. 자요미가 무림의 여인이라면 황태자를 척
살하는데 쓸모가 있지 않을까 싶소이다."

"장인태감은 동창을 믿지 못하는가?"

"지금은 누가 공을 세우느냐는 중요치 않소이다. 이중삼중
의 방어망을 펼쳐서라도 황태자를 척살해야만 전하께서 등극
하실 수 있지 않겠습니까?"

조고의 신중한 진언에 진류왕은 흡족한 미소를 지었다.

"선대 세 분의 황제가 왜 조 태감을 측근에 두었는지 이제
알겠군. 재주껏 자요미를 이용해 보게나."

5

황궁무고는 끝이 보이지 않을 만큼 거대했다.

벽과 통로 사이에 세워진 수백 개의 서가에는 수만 권의 서
적이 가득했다. 많은 서적이 무공에 관련된 무서(武書)였지만
분류가 잘못돼 무공과 전혀 관련 없는 서책이 황궁무고로 흘

러들기도 한다.

황궁무고의 대부분은 병기로 채워져 있었다.

오랑캐를 토벌하고 노획한 전리품은 너무도 많아 녹이 슨 채로 방치돼 있었다. 병기의 종류도 다양했지만, 갑옷과 투구도 수천 벌은 되었다.

명 제국의 황궁무고에 이렇듯 엄청난 양의 병기와 무서가 소장된 연유는 원(元) 제국의 황도였던 대도(大都)를 고스란히 양도받았기 때문이다.

세계국가였던 원이 패망한 후 명이 세워지면서 대도가 북경으로 개명되었을 뿐 원 제국의 방대한 유물은 온전하게 명의 차지가 될 수 있었던 것이다.

와르르……!

황궁무고에 수북한 서책들이 아우성을 발하며 한쪽으로 무너져 내렸다.

"제기, 어떻게 이런 쓰레기들만 있단 말인가?"

주사를 바른 듯 붉은 입술에서 흘러나오는 음성이 거칠고 날카롭다.

꽃무늬 피풍의 안에 연분홍 망사의를 입은 여인은 다름 아닌 자요미였다. 망사의를 통해 아슬아슬한 속옷과 뽀얀 속살이 훤히 들여다보이기에 그녀의 자태는 알몸을 드러냈을 때보다 더 자극적이었다.

만화궁의 궁주 자요미.

그녀의 별호는 천요사훼(天妖邪卉)로 천하에 적수가 드문 절대고수이다. 보기에든 앳된 소녀의 용모이지만 그녀의 나이는 적지 않다. 그녀가 과연 몇 살이나 되었는지는 누구도 알지 못한다.

자요미는 부공술을 전개해 서가 상단에 비치된 빼곡한 무서들을 꼼꼼하게 살폈다.

강호의 전통적인 명문거파들의 실전 비기들이 간혹 눈에 띄었지만, 그녀는 전혀 관심을 보이지 않았다. 그녀가 진실로 찾고자 하는 절기가 아니었기 때문이다.

"삼천공(三天公)의 절기가 분명 황궁무고로 흘러들어 갔다고 들었는데……"

황제를 복하사(腹下死)시킨 공으로 황궁무고에 입고한 그녀로서는 마음이 급하지 않을 수 없었다. 진류왕이 언제 마음을 바꿔 자신을 쫓아낼지 모르기에 한시라도 빨리 삼천공의 절기를 찾아야 했다.

하지만 황궁무고에 들어와 이틀 동안 침식도 잊고 무고 내부를 두루 수색했지만, 그녀가 원하는 절기는 발견되지 않았다.

자요미는 방대한 황궁무고를 원망했다.

"제기, 황궁무고가 이렇듯 넓은 줄 알았다면 측근들을 대동했을 것을……"

이때 황궁무고의 육중한 문이 열리는 소리가 들려왔다.

자요미의 눈매가 가늘어졌다.

'설마 벌써 무고에서 나가라는 통보는 아니겠지?'

그녀는 부공술을 전개해 황궁무고 입구로 날아갔다.

계단을 밟고 황궁무고로 내려선 사람은 장인태감 조고였다.

자요미는 교태 어린 미소를 띠며 예를 표했다.

"태공공을 뵈옵니다."

조고는 피풍의 사이로 드러난 자요미의 반라에 또 한 번 피가 끓었다. 만일 자신의 수명을 줄여 자요미를 품을 수 있다면 기꺼이 그리했을 것이다.

조고는 자요미를 쓸어보고는 넌지시 물었다.

"자 궁주가 원하는 것을 손에 넣었는가?"

"태공공께서는 소첩이 원하는 것이 무엇인지 아세요?"

"모르네. 하지만 어디에 있는지는 짐작할 수 있을 것 같군."

일순 자요미의 눈빛에 이채가 감돌았다.

"어느 곳이죠?"

"그전에 자 궁주가 한 가지 해주어야 할 일이 있어."

조고는 서책이 널브러져 있는 좁은 통로 사이로 걸음을 옮겼다.

자요미가 고개를 갸웃거리며 물었다.

"진류왕 전하의 오랜 숙원을 풀어 드렸는데 또 무엇을 원하시나요?"

"향산의 황태자가 도주했네."

"……!"

"이것이 어떤 사태인지 자 궁주도 능히 짐작할 것이네. 만일 황태자가 군부와 대신들의 비호를 받아 황궁으로 귀환하면… 자 궁주도 무사하지 못할 것이야."

자요미의 입가에 차가운 미소가 피어올랐다.

"소첩은 황궁과 무관한 무림의 여인이에요. 왜 소첩을 연루시키려는 하십니까?"

"자 궁주가 선황제의 승하와 무관하지 않는데 어찌 자신의 안위만 도모하려는 것인가?"

조고는 여러 개의 서가를 지나 황궁무고의 동쪽 벽에 이르렀다.

병기대 사이로 보이는 벽에 용 문양이 양각돼 있었다. 금빛으로 채색된 금룡은 금세라도 날아오를 듯 생동감이 넘쳤고 앞발에 쥔 여의주에서 빛이 뿜어졌다.

조고는 금룡이 양각된 벽을 가리켰다.

"저곳은 금룡무고(金龍武庫)로 황궁무고에서 가장 귀한 보물이 소장돼 있네. 금룡무고 안에 아마도 자 궁주가 원하는 것이 있을 것이네."

황궁무고 내의 또 다른 비밀무고.

자요미로서는 전혀 예상치 못한 상황이었다.

“금룡무고… 이런 곳이 있는 줄 몰랐군요.”

“당연하지. 황궁 내에서도 금룡무고의 존재를 아는 사람은 몇 되지 않네.”

자요미는 요염한 눈빛을 발하며 조고에게 바싹 다가섰다. 그녀는 조고의 손을 이끌어 자신의 탱탱한 젖가슴 위에 얹었다.

“만일 태공공께서 금룡무고를 열어주신다면 극진한 쾌락을 안겨 드리겠어요.”

조고는 자신의 손아귀를 통해 전해지는 부드러운 탄력에 절로 욕정이 치솟았다. 하지만 이미 양물이 거세된 그에게 그런 욕정은 쾌감이 아니라 고통일 뿐이었다.

조고는 자요미의 손을 밀어내고는 심각한 표정으로 말했다.

“동창 명참대가 출동해 황태자를 척살하지 못한 이유는 황태자가 놀라운 무공을 지녔기 때문일세.”

자요미의 가는 눈썹이 상큼 치켜 올라갔다.

“황태자가 무공을 지녔다고요?”

“그러하네. 그것도 상상하기 힘든 신비로운 상승검법을 구사했다고 하였네. 동창 최고의 고수라는 곽 첩형이 무너졌으니 말일세.”

“소첩이 어떻게 도와드려야 하죠?”

“자네가 만화궁의 궁주라 들었네. 황태자가 세상 속으로

스며들면 황궁보다는 무림의 힘이 더 효과적이라 생각되는
군."

"그러니까 소첩에게 황태자의 척살까지 요구하시는 거군
요?"

"그렇게만 해준다면 자 궁주가 원하는 모든 것을 얻을 수
있을 것이네. 무림후로 책봉되는 것도 가능하지."

무림후(武林后).

이는 군왕 다음 가는 제후의 신분으로 황궁에서 공식적으
로 인정하는 최고의 벼슬이다.

엄청난 제안에 자요미는 의미심장한 미소를 머금었다.

"호호, 구미가 당기는 제안이지만 무림후 책봉은 사양하겠
어요."

"왜……?"

"황실의 벼슬은 제국이 건재해야만 가치가 있지요. 무림에
는 천 년 전통의 문파가 여럿 있지만 아쉽게도 제국은 삼백
년을 넘기지 못하더군요. 외람된 말씀이지만 무림은 명 제국
보다 훨씬 오래 존속될 겁니다."

지극히 반역적인 언사였지만 역사를 반추해본다면 틀린
말은 아니었다.

자요미는 금룡무고의 문에 새겨진 용 문양을 어루만졌다.

"소첩이 원하는 것은 금룡무고의 열쇠뿐입니다."

조고가 분명하게 고개를 끄덕였다.

“자 궁주가 황태자의 목만 가져오면 열쇠는 당연히 주어질
것이네.”
자요미는 조고를 향해 돌아섰다.
“좋아요. 황태자에 대한 모든 정보가 필요합니다. 친인들
과 혈족에 관한 모든 정보를 제공해 주세요.”

第二章
투신(鬪神) 천투패왕

1

황제의 승하!

향산에서 피신한 주환은 비로소 황제의 부음을 알게 되었다. 비록 자신을 내친 황제였지만 피로 맺어진 부황(父皇)이 아니던가.

주환은 황도를 향해 배례를 올리고는 통곡했다.

"크으, 폐하!"

자식으로서 부황의 임종도 지키지 못하고 장례에도 참석하지 못하는 신세가 되었기에 그의 심정은 더욱 참담하기만 했다.

근자에 들어서 부황과 소원해졌지만, 모후가 생존해 있을 때는 함께 식사를 할 만큼 돈독한 사이였었다.

주환은 오래전 부황이 토로한 의미심장한 한마디를 떠올렸다.

"세상에 황제만큼 불쌍한 존재도 없다. 과연 천수를 누린 황제가 몇이나 있겠느냐."

황실에서는 황제가 정무를 보던 중 승하했다고 공표했지만 주환은 이를 믿을 수 없었다.

'아바마마도 자신의 운명을 예견하신 겁니까?

황도를 향해 부복한 주환은 오래도록 고개를 들 수 없었다.

하지만 언제까지 비통함에 젖어 있을 수는 없었다. 자신을 척살하려는 자들을 피해 황궁으로 귀환하는 것이 그의 사명이었다.

주환은 황궁이 위치한 동북쪽 하늘을 바라보며 분명하게 맹세했다.

"내가 황제가 되지 않아도 좋아. 하지만 아바마마의 승하에 대한 내막은 반드시 밝혀내겠다!"

마을에서 약간의 음식과 약을 구매한 주환은 강변의 움막으로 향했다.

강변 비탈에는 마을 내에 초옥 한 채 지니지 못한 비렁뱅이들이 모여 살면서 자연스럽게 빈민촌이 형성돼 있었다. 대부분 움막들은 밤이슬을 겨우 피할 수 있을 정도로 허름했으며 가벼운 비바람에도 이내 무너질 듯 위태로워 보였다.

주환은 빈민촌에서 조금 떨어진 경사지에 세워진 움막으로 들어섰다.

움막 안은 맨땅에 거적 한 장만 달랑 깔려 있었다.

거적 위에는 냉소빈이 부상의 신음을 안으로 삭이며 누워 있었다. 그녀의 팔에 둘린 천을 통해 고약한 피고름이 흘러나왔다. 심한 부상을 당한 상태에서 제대로 응급처치를 하지 못한 탓에 상처가 썩어 들어가고 있었다.

주환이 들어서자 냉소빈은 아픔을 참고 몸을 일으켜 앉았다.

"송구합니다, 저하. 속하가 보살펴 드려야 하는데 그만 짐이 되고 말았습니다."

"그런 소리 마. 네가 누구 때문에 다쳤는데… 그리고 호칭을 바꾸라고 했잖아?"

"예, 저하. 아니… 공자님."

주환은 상처에 바를 가루약과 환약을 꺼냈다.

"탕약을 처방받아야 하는데 폐하께서 승하한 상황이라 관병들의 움직임이 심상치 않아. 의원들의 의심을 사지 않으려 하다 보니 이 정도밖에 구하지 못했어."

주환은 피고름이 찌든 천을 찢고 냉소빈의 상처 부위에 가루약을 뿌려 주었다.

"효과가 있어야 할 텐데……."

냉소빈은 황태자의 도움을 받아야 하는 자신의 처지가 민망해 눈물을 글썽였다.

"흑, 그저 망극할 따름입니다, 공자님."

"눈물은 이제 그만 흘리자꾸나. 통증을 덜어준다고 하니 이 약도 복용해."

"예, 공자님."

냉소빈은 억지로 환약을 씹어 삼켰다.

주환은 간단한 음식 꾸러미를 풀어놓고는 성시에서 들었던 소식을 들려주었다.

"진류왕 숙부가 감국이 되어 장례를 주관한다는 공고를 보았어. 그리고 나는 역모에 연루돼 수배자가 되었지."

"예에?"

냉소빈은 더욱 절망하고 말았다.

"저하께서 역모라니요?"

"어느 정도 예상한 일이야. 폐하의 승하와 나를 노린 척살! 이 모든 것은 치밀한 계획 없이는 이루어질 수 없었을 테니까."

"하오면 폐하께서도 암살을 당하셨단 말입니까?"

"그럴 가능성이 크다고 봐야 해."

냉소빈이 침울한 어조로 말을 받았다.

"황제가 승하했다 하여 군왕이 곧바로 감국에 오르는 경우는 극히 드뭅니다. 더군다나 적통이신 저하께서 후계자로 정해진 상황이기에 더욱 그렇습니다. 송구하오나 모든 정황상 진류왕 전하가 의심스럽습니다."

"나도 그리 추정한다만 확증이 없으니 함부로 숙부를 의심할 수 없지. 어쨌거나 이번 사태는 누구라도 혼자 추진하기가 불가능해. 조정 중신들과 군부의 지원이 절대적이지."

주환은 술병을 기울여 술을 한 모금 마셨다.

"나에 대한 수배령이 내려진 이상 행보가 더욱 힘들게 됐어. 펑원으로 가는 길목마다 나를 노리는 자들이 잠복해 있을 테니 말이야."

냉소빈은 무거운 한숨을 쉬다가 넌지시 물었다.

"공자님을 비호할 만한 충신이나 장군은 없을까요?"

"폐하의 눈 밖에 난 황태자를 누가 비호하려 들겠어? 인제 와서 생각하면 내가 향산 별궁으로 축출된 것도 오래전부터 계획된 음모가 아닌가 싶어."

"아……!"

"지금 상황에서는 외조부를 만나는 것이 최선이지만 그도 쉽지 않아."

주환은 혼란스런 상황을 정리하기 위해 지그시 눈을 감았다.

냉소빈은 깊이 고심하다가 한 가지 방책을 떠올렸다. 하지만 내막을 숨겨야 했기에 그녀는 우회적으로 견해를 밝혔다.

"추격자들은 저와 공자님이 함께 행동하는 것으로 판단할 것입니다. 그렇다면 동행은 위험합니다. 저의 미흡한 생각이지만 이제부터는 각기 행동하는 것이 어떨까 싶습니다."

"여기서 헤어지자고?"

"일단 공자님께서는 변복을 하신 후 우회하십시오. 평원 남쪽으로 도회진(陶回鎭)이라는 작은 부락이 있는데 도공들이 모여 사는 곳이에요. 뜨내기들이 거쳐 가는 곳이라 외부인에 대한 경계가 심하지 않아 공자님께서 잠시 머물러 계실만 하죠. 저는 어떻게든 평원공 노야(老爺)를 만나 공자님의 소식을 전하겠어요."

나름대로 사려 깊은 방안이었다.

"묘책이기는 하군."

주환은 삼각건을 두른 냉소빈의 팔을 걱정스럽게 살폈다.

"그 몸으로 움직일 수 있겠어?"

"저는 걱정하시지 마세요. 저보다는… 세상 밖을 홀로 나오신 적이 없는 공자님의 안위가 더 우려됩니다."

"세상 또한 사람이 살아가는 곳이 아니겠니? 소빈의 생각이 괜찮은 듯하니 그 의견에 따르지."

주환은 술을 한 모금 마시고는 애써 미소를 띠었다.

"한때 황궁을 떠나 세상을 주유하고 싶은 마음이 간절했는데 본의 아니게 그리되었군."

냉소빈은 허리춤에 검을 꽂았다. 그러다 황태자의 신비로운 검법을 떠올리고는 넌지시 물었다.

"한데 공자님은 어떻게 그런 신비로운 검법을 수련하셨어
요?"

"신비로운 검법이라……."

주환은 안주 삼아 건육을 우물거리며 회상에 젖었다.

"어렸을 적 황궁무고에서 우연히 표지조차 떨어져 나간 낡
은 책자를 하나 보았어. 고대의 문자인 과두문으로 쓰인 책자
이기에 관심을 갖게 되었지."

"그것이 검보였나요?"

"검보는 아니야. 내용을 이해할 수 없는 시문으로 가득한
책이었지. 한동안 잊고 있었는데 향산 별궁으로 옮겨 살면서
문득 생각이 나서 시문을 읊조리는데 갑자기 몸이 뜨거워졌
어. 세상의 기운이 몸속으로 스며드는 기분이었지."

"아……!"

"난 시문에 심취해 내가 무슨 행동을 했는지 제대로 기억
도 나지 않아. 한데 정신을 차려 보니 주변의 수림이 크게 훼
손돼 있지 않겠어? 이후는 시문 전체를 뇌리 속에 담아두면서
그 의미를 이해하는 데 주력했지. 그러다 살수들과 싸우면서
나도 모르게 검을 휘두르게 된 거였어."

냉소빈은 가슴 뜨거운 감동에 젖었다.

"무림에서는 그것을 기연이라 합니다. 공자님께서 신비로
운 천서(天書)를 얻게 되신 것도 작금과 같은 고난을 극복하

라는 하늘의 안배인 듯싶어요. 향산에서 보여주셨던 공자님의 검법은 세상 어떤 무공도 격파할 수 있을 만큼 강력해요. 천서를 부단히 수련하시면 공자님의 일신을 충분히 보호하실 수 있을 겁니다."

주환은 쓸쓸한 웃음을 곱씹었다.

"이참에 나도 무림인이 되어 볼까?"

"공자님……?"

"그렇다는 얘기야. 하지만 승하하신 아바마마의 분명한 사인을 밝혀내는 것이 자식으로서의 도리이니 난 황궁으로 돌아갈 수밖에 없겠지."

주환은 냉소빈의 손을 가만히 쥐었다.

"소빈, 꼭 다시 만나자."

"예, 공자님."

"도회진에서 기다리겠어."

주환은 냉소빈을 포옹하며 입을 맞추었다.

냉소빈은 움찔 놀랐지만, 감히 주환을 밀쳐낼 수가 없었다.

오히려 감격이었다. 이 년 넘게 황태자를 측근에서 섬기면서 마음으로 황태자를 연모하게 되었지만, 신분의 격차 때문에 그 이상은 생각지 못했던 그녀였다.

'저하……!'

그녀의 볼을 타고 한줄기 눈물이 흘러내렸다.

눈물의 입맞춤.

냉소빈에게는 지극한 감동이며 가슴 저린 환희였다.

주환은 그녀와 눈을 마주치며 분명하게 지시했다.

"죽지 마, 소빈. 이건 황태자로서의 명령이야."

2

냉소빈과 헤어진 주환은 과거에 응시했다가 떨어진 낙척 서생(落拓書生)의 행색으로 변복했다.

면도를 하지 않아 절로 자란 수염 하며 여기저기 해진 옷은 누가 보아도 가난한 유생으로 여길 정도였다. 하지만 황태자라는 고귀한 기품은 쉽게 가려지지 않기에 주환은 행인들의 관심 어린 눈빛을 쉽게 떨쳐낼 수 없었다.

이에 주환은 초립을 구해 깊숙이 눌러 썼다.

난생처음 세상 밖으로 혼자 나서게 된 주환은 묘한 설렘과 두려움을 동시에 느꼈다.

가장 큰 어려움은 세상 물정을 너무 모른다는 데 있었다.

냉소빈이 지니고 있던 패물을 팔아 약간의 은자를 손에 쥐었지만, 돈의 가치를 전혀 이해하지 못했다. 물건을 사고 객잔에서 음식값을 치르고 하룻밤을 유할 때도 얼마를 계산해야 할지 난감했다.

하지만 그는 아둔한 사람이 아니었기에 하루가 다르게 세상살이를 몸에 익힐 수 있었다.

황궁에서 수배령이 내려져서인지 관도마다 초소가 세워져 오가는 행인들은 관병들의 검문을 받아야 했다.

주환은 이를 피해 가급적 산길로만 다녔다. 그러다 보니 가까운 길도 돌아가야 했기에 닷새 동안 그가 이동한 거리는 삼백여 리가 채 되지 않았다.

산동성 도회진까지는 아직도 천여 리.

그래도 주환은 그다지 초조해하지 않았다. 냉소빈이 평원공을 만나 소식을 전해야만 자신과 접선할 수 있기에 굳이 서둘러 당도해야 할 이유가 없었던 것이다.

주환은 산을 넘고 내를 건너면서도 뇌리 속에 담긴 진결을 이해하는 데 주력했다.

표지가 떨어져 나가 책의 이름을 알 수 없기에 그는 임의로 금룡천서(金龍天書)라 명명했다. 금룡은 황궁과 황족을 의미하며, 천서는 냉소빈이 언급한 대로 하늘이 내린 책을 뜻한다.

주환은 한 줄의 구결을 나직이 읊조렸다.

"푸른 강물은 천 리를 흐르고 향기로운 바람은 만 리에 이르도다!"

금룡천서에 수록된 구결은 무공 초식이 아니라 하나의 시문처럼 문장이 매끄러웠다. 그를 통해 형성된 검무 또한 아름다웠기에 검법보다는 예술에 가까웠다.

주환은 본래 무공에 대해 별 관심이 없었지만 금룡천서 덕분에 자신과 냉소빈을 지킨 이후 생각을 달리하게 되었다. 무학이 결코 천박한 학문이 아님을 절감한 것이다.

"만류귀종이니 어찌 문무가 다를 수 있겠어? 장부로서 자신을 지킬 힘이 없다는 것은 아녀자와 다를 바 없지. 남을 해치기 위함이 아니라 사악함으로부터 나 자신과 남을 지키기 위해서라도 무학은 필요한 거야."

하북성과 산동성의 경계에 이르자 관병들의 검문이 뜸해졌다.

객잔과 시장을 순시하는 관병들의 모습도 거의 찾아볼 수 없기에 주환은 어느 정도 안심하고 청하성으로 성시로 들어섰다.

그동안 줄곧 산실로만 나녔기에 성시에서 세상 소식을 일아보기 위함이었다.

주환은 정보를 주워듣기에 용이한 커다란 객잔으로 들어섰다.

점심시간이어서인지 상인들과 표사들을 비롯해 무림인으로 여겨지는 다양한 부류들이 탁자를 빼곡하게 채우고 있었다.

이때 창밖을 통해 요란한 말발굽 소리가 들려왔다.

두두두―!

한 무리의 관병들이 관도를 따라 달려갔다. 연신 채찍질을 해대는 모습이 화급한 상황으로 보였다.

주환은 창문을 통해 관병들의 질주를 잠시 지켜보면서 왠지 모를 불안감에 젖었다.

'저들이 왜 황도와 가까운 방향으로 달려가는 거지?

주환은 겨우 한 자리를 차지하고 앉아 여기저기서 들려오는 목소리에 귀를 기울였다.

"이보게들, 소식 들었는가?"

한 탁자 건너 자리한 표사들의 목소리가 유난히 크게 들려왔다.

세상을 두루 다니는 표사들은 표물의 안전한 수송을 위해 각 표국마다 정보를 교환하다 보니 일반 사람들에 비해 세상 소식에 밝았다.

털보 표사는 좌중의 관심이 자신에게 쏠리자 어깨를 으쓱하고는 목소리를 높였다.

"수배를 받고 있는 황태자로 추정되는 자가 수일 전 안평에서 행적을 드러냈다고 하더군."

앞에 앉은 짝눈 표사가 술을 따르며 물었다.

"황태자는 추포되었대?"

"그것은 모르겠고 그자가 관병들의 군마를 빼앗아 타고 용성(龍城) 방향으로 도주했다고 하였네. 그로 인해 황궁에서 파견된 무사들이며 각 성시의 관병들이 용성 일대로 집결 중이라고 들었네."

"하면 방금 달려간 관병들도 그 때문인가?"

"그럴 것이네. 그렇지 않고서야 평소 거드름이나 피우던 관병들이 불알에 종소리가 나도록 달려가겠는가?"

털보 표사는 시답지 않은 비유를 내뱉고는 저 혼자 재미있다는 듯 껄껄댔다.

주환은 가슴이 세차게 요동쳐 더 이상 앉아 있을 수가 없었다. 그는 곧바로 객잔을 나왔다.

정신없이 성시를 벗어나 그는 느티나무에 등을 기대고는 가슴을 쳤다.

"아둔한 인간아! 이제야 소빈의 의도를 알게 되다니!"

그의 얼굴에 짙은 그늘이 드리워졌다.

"소빈, 어찌 나를 이렇듯 비참하게 만드는 거냐?"

표사들을 통해 들은 소식으로 그는 상황이 어떻게 돌아가는지 비로소 알게 되었다.

황태자를 위장하여 군마를 탈취해 도주한 도적.

그 사람이 바로 냉소빈임을 주환은 대번에 짐작할 수 있었다. 냉소빈이 그렇듯 위험한 모험을 자처한 연유는 관병들의 이목을 이끌기 위함이라고밖에 생각할 수 없었다.

자신이 희생되더라도 황태자를 보호하려는 눈물겨운 충정!

주환은 심장이 저리고 아팠다.

"소빈, 내게 남은 사람은 너밖에 없었는데… 이제 너까지

내 곁을 떠나려는 거냐?"

마음 같아서는 당장에라도 용성으로 달려가 황태자가 자신임을 밝히고 싶었다. 하지만 그것은 아무런 의미도 없는 망동이었다. 자신을 보호하기 위해 죽어간 호위들과 시비들을 위해서라도 그럴 수는 없었다.

처절한 감정을 자제한 주환은 냉정을 되찾았다.

"그래, 소빈의 희생을 헛되게 해서는 안 돼. 소빈 덕분에 평원으로 향하는 길에 감시가 소홀해졌을 테니 굳이 도회진으로 우회할 필요는 없다. 하루라도 빨리 평원으로 가자."

그는 산길을 따라 빠르게 달려가면서 간절하게 기원을 올렸다.

'소빈, 제발 무사해라!'

3

백화장(百花莊).

북경 남쪽에 자리한 아담한 장원은 화창한 봄을 맞이해 온갖 꽃이 활짝 피어 있었다. 장원의 본래 이름은 청풍장이었지만 얼마 전 주인이 새로 바뀌면서 장원 전체를 꽃으로 치장해 백화장으로 불리게 되었다.

백화장에는 여인들만 거주하지만, 감히 넘보는 자들은 없었다. 확실하지는 않지만 고귀한 황족이 거주하는 별장이라는 풍문 때문이었다.

　욕실을 나선 여인은 알몸 위에 한 겹 욕의(浴衣)를 걸쳤다. 아직 몸의 물기가 채 마르지 않아서인지 욕의가 찰싹 달라붙어 드러난 몸의 굴곡은 자극적인 농염함을 뿜어냈다.
　가히 절세라 할 수 있는 미모의 여인은 다름 아닌 만화궁주 자요미였다.
　백화장은 그녀가 임시로 머무는 만화궁의 별원이다.
　수정 거울이 달린 화장대 앞에 앉은 그녀는 꽃잎에 서린 이슬로 제조한 화장수를 얼굴에 발랐다. 주름살 하나 없이 팽팽한 탄력과 윤기를 자랑하는 그녀의 피부는 소녀의 것인 양 뽀얗고 매끄러웠다.
　자요미는 거울을 통해 보이는 자신의 미모에 스스로 만속해 생긋 미소를 띠었다.
　'세상의 주인이라는 황제의 정혈을 흡수해서인가? 기력이 훨씬 충만한 느낌이야.'
　이때 문밖에서 여인의 음성이 들려왔다.
　"궁주님, 속하입니다."
　자요미는 금가루가 섞인 분을 바르며 입실을 허락했다.
　"들어와."
　침소로 들어선 여인은 삼십대 초반의 나이로 피부가 팽팽했고 용모도 단정했다.

만화궁의 총관 홍유란.

자요미의 수족과 같은 심복으로 만화궁의 재정과 조직은 그녀가 총괄한다.

홍유란은 자요미를 향해 공손히 예를 올렸다.

"황태자의 행적이 발견되었습니다."

자요미는 목탄으로 눈썹을 그리며 물었다.

"어디냐?"

"용성 부근입니다. 황태자로 추정되는 자가 군병들을 쓰러뜨리고 군마를 탈취해 도주했습니다. 그자는 여러 차례 군병들과 충돌했고 황궁에서 파견된 금의위들까지 쓰러뜨렸습니다. 지금은 동창 명참대의 추적을 받고 있다고 합니다."

"반갑지 않은 소식이군."

자요미는 목탄으로 그린 눈썹을 매만지며 가볍게 미간을 찌푸렸다.

"황태자의 목이 있어야 금룡무고의 열쇠와 교환할 수 있는데 말이야. 동창의 고자들이 황태자를 척살하면 그동안의 노력은 모두 수포로 돌아가고 말아."

"지금이라도 늦지 않았습니다. 서두르면 동창보다 앞서 황태자를 추포할 수 있습니다."

"기다려. 아직 화장이 끝나지 않았어."

자요미는 가는 솔로 속눈썹을 세우며 다시 물었다.

"황태자가 왜 하필 북경과 멀지 않은 용성에서 소란을 피웠을까?"

"용성에는 퇴직한 정패장군(正覇將軍)이 살고 있습니다. 정패장군은 황태자의 모후가 죽기 전에 황태자의 후원자로 지목된 사람이라 하더군요. 지금은 비록 군부에서 물러났지만, 궁지에 몰린 황태자로서는 정패장군의 비호라도 필요했겠지요."

"흐음, 나름대로 일리가 있군. 한데 말이야. 수배를 받고 있는 신분으로 왜 군마를 탈취하는 소란을 피워야 했을까?"

자요미는 예리한 지적에 홍유란은 잠시 생각하다가 대답했다.

"속하도 그 점이 조금 의아했지만, 군마를 탈취한 자가 황태자라는 정보가 너무 확실해 문제 삼지 않았습니다. 그저 서둘러 가기 위함이 아니었을까요?"

"황태자의 처지에서 은밀함과 화급함 중 어느 것이 더 중요하지?"

"그야 행적을 숨기는 것이……."

"황태자는 향산 별궁에서 계집 호위장과 함께 탈출했다고 들었다. 아직 동행 중인가?"

"아닙니다. 황태자 단독으로 도주 중입니다."

"흐음, 그렇군."

자요미는 붉은 연지를 입술에 바르는 것으로 화장을 마쳤다. 그녀가 몸을 일으키자 홍유란이 욕의를 벗겨주었다.

들어갈 데와 나올 데가 분명한 자요미의 몸매는 같은 여인인 홍유란으로서도 감탄할 정도였다.

자요미는 홍유란의 시중을 받아 아슬아슬한 속옷을 받쳐입고는 연분홍 망사의를 걸쳤다. 연후 어깨에 꽃무늬 피풍의를 두른 그녀는 침소를 나섰다.

"백화장을 폐쇄해라. 전원 출전한다."

"예, 궁주님. 용성으로 모시겠습니다."

"아니, 우리는 평원으로 간다."

"예에……?"

홍유란이 눈썹을 상큼 치켜뜨자 자요미는 도도한 미소를 머금었다.

"황태자의 호위장이라면 그림자처럼 황태자를 호위해야 하지. 한데 군마를 탈취해 간 자가 혼자라고 했어. 이것은 분명한 위장이야. 아마도 호위장 되는 계집이 황태자의 안전을 위해 황궁과 관청의 이목을 자신에게 쏠리게 하기 위함이겠지. 이로써 평원으로 향하는 길목의 감시가 소홀해졌을 테니 황태자는 서둘러 평원으로 향하려 할 거야."

자요미의 논리적인 분석에 홍유란은 감탄을 금치 못했다.

"과연 궁주님이십니다."

자요미는 정색하며 명을 내렸다.

"서둘러. 도중에 휴식도 식사도 없다. 전력을 다해 평원으로 향한다!"

4

용성과 인접한 웅패산.

수림 사이로 날아든 죽립인은 개울가로 내려서며 가쁜 숨을 몰아쉬었다. 호화로운 금의를 걸쳤지만 여러 번의 격전을 거쳤는지 몇 곳이 찢겨 있었다.

죽립인은 손으로 개울물을 떠서 목을 축였다.

죽립이 살짝 들리면서 드러난 용모는 여인처럼 섬세했다. 그도 그럴 것이 죽립인은 남장을 한 여인이었던 것이다.

황태자의 호위장 냉소빈.

황태자로 위장해 군마를 탈취한 도적은 바로 그녀였다.

그녀는 황태자에 대한 공개적인 수배령이 내려진 이상 날출이 쉽지 않음을 판단해 이런 모험을 감행할 수밖에 없었다. 그녀가 황태자와 헤어지려 한 연유도 추격자들의 이목을 자신에게 쏠리게 하기 위함이었던 것이다.

'저하, 부디 소녀의 충정을 헤아려 속히 평원에 당도하십시오. 저하께서 평원공 노야와 상봉하신다면 소녀는 기쁘게 죽을 수 있습니다.'

황태자와의 따뜻한 입맞춤을 떠올린 냉소빈은 서글픈 미소를 머금었다.

'소녀는 내세에서도 저하의 종복이 되기를 기원합니다.'

이때 수림 저편에서 산새들이 후두둑 날아올랐다.

누군가의 접근을 감지한 냉소빈은 죽립을 눌러썼다.

몸을 일으킨 그녀는 개울을 등진 채 섰다. 황태자가 도피할 충분한 시간을 벌었다고 판단했기에 힘겨운 도주를 이곳에서 끝내고 싶었다.

서늘한 기운과 함께 주변으로 검은 그림자들이 내려섰다.

온통 시커먼 복장에 귀면탈을 쓴 자들.

바로 향산 별궁을 습격한 살수들이었다. 그들이 동창 소속의 명참대임을 그녀는 아직 모르고 있었다.

살수들을 대하자 냉소빈이 눈에서 서슬 퍼런 살기가 뿜어졌다.

"악도들! 네놈들을 용서치 않겠다!"

명참대 첩형인 곽자영이 한 걸음 앞으로 나섰다.

"넌… 황태자가 아니로구나?"

냉소빈은 죽립을 뒤로 넘겼다.

"그렇다, 이 잔악한 귀신들!"

상대가 냉소빈을 확인한 곽자영의 눈빛에 순간적으로 당혹감이 스쳐 지나갔다.

'제기, 속았군.'

곽자영은 빠르게 주변을 쓸어보며 물었다.

"황태자는 어디에 있냐?"

"이미 구중천에 오르셨다. 네놈들은 절대 오를 수 없는 곳이지.”

“네년의 살을 저며서라도 실토하게 만들어 주지.”

곽자영은 가볍게 손을 쳐들었다.

“제압해!”

당두들 넷이 동시에 달려들었다. 냉소빈은 그들을 향해 죽립을 날리고는 검을 뽑아 쥐었다.

파파팟!

당두들의 검이 죽립을 가르는 사이 냉소빈의 검이 칠성검화를 뿌렸다. 칠성검화가 파고들면서 당두 두 명이 쓰러졌다. 하지만 그들은 최후까지 검을 휘둘러 냉소빈의 다리를 그었다.

‘흐윽……!’

냉소빈은 달군 쇠가 파고든 듯한 고통을 감수한 채 두 녕의 당두를 마저 쓰러뜨렸다. 그녀는 혈도를 찍어 심한 출혈을 막았을 뿐 상처를 동여매지도 않았다.

향산에서 탈출 도중 당한 왼팔의 부상이 아직 회복되지 않은 상태에서 다시 다리까지 다쳐 기력이 급감했다. 하지만 이미 죽음을 각오한 처지이기에 조금도 두렵지 않았다.

그녀의 목표는 상대를 한 명이라도 더 죽이고 자신도 죽는 것이었다.

곽자영이 건조한 어조로 다시 다그쳤다.

“황태자의 행방을 말해라.”

“흥, 네놈이 염라대왕을 만나 물어봐!”

“네년은 결국 실토할 수밖에 없어.”

“가짜 귀신아, 대체 네놈의 정체가 뭐냐? 누구의 사주를 받고 저하를 해치려 한 거지?”

“…….”

“무엇이 두려워 대답을 못하는 거냐?”

곽자영은 천천히 검을 뽑아 들었다.

“네년의 사지부터 잘라야겠군.”

곽자영의 검이 뽑히자 주변이 공기가 싸늘하게 냉각되었다.

냉소빈은 온전한 몸으로도 곽자영의 적수가 되지 못함을 잘 알기에 동귀어진을 결심했다.

쐐애액!

곽자영의 검을 날아들자 냉소빈을 절뚝거리며 뒤로 물러섰다. 상대의 방심을 유도하기 위한 계책이었다. 곽자영은 한껏 기세가 올라 노도처럼 냉소빈을 몰아붙였다.

순간 냉소빈은 곽자영을 향해 정면으로 돌진했다. 자신의 몸으로 파고드는 검기를 도외시한 동귀어진의 수법이었다.

“엇?”

깜짝 놀란 곽자영은 호신강기를 펼쳐 몸을 보호하면서 힘차게 검을 후려쳤다.

차앙……!

냉소빈의 검은 곽자영을 마저 찌르지 못하고 가슴 한 자락만 벤 채 허공으로 치솟아올랐다.

"독한 년!"

기습적인 반격에 부상을 당한 곽자영은 신경질적으로 일 권을 내질렀다.

퍼엉!

권공에 적중된 냉소빈은 피를 토하며 삼 장 밖으로 나둥그라졌다.

곽자영은 당두들에게 턱짓을 보냈다.

"계집의 사지를 베라!"

당두들이 다가서자 냉소빈은 청한 하늘을 올려보았다.

'저하, 구천에서 지켜보겠나이다!'

세 명의 낭두가 냉소빈의 팔과 다리를 항해 검을 내리쳤다. 모든 것을 체념한 냉소빈은 자신의 팔다리를 향해 내리꽂히는 검을 무심하게 바라보기만 했다.

한데 이때였다.

촤르륵!

어디에서인가 날아든 쇠사슬이 당두들의 몸을 관통했다.

퍼퍼퍽!

세 명의 당두는 영문도 모른 채 즉사했다.

"카하핫!"

엄청난 광소성에 웅패산 전체가 요동쳤다.

냉소빈은 전혀 예기치 못한 급변에 눈을 상큼 떴다.

'누가……?'

철그렁거리는 쇠사슬 소리와 함께 한 사람이 장내로 내려섰다.

쿠웅……!

구 척 거구의 거인이 내려서자 지반이 흔들렸다.

노인은 다듬지 않은 장발에 수염이 덥수룩했고 상반신에 긴 쇠사슬을 두르고 있었다. 쇠사슬 사이로 드러난 피부는 금빛이었고 우람한 근육은 도끼로 내리쳐도 흠집 하나 내지 못할 만큼 단단해 보였다.

곽자영은 거구 노인의 몸에서 뿜어지는 폭풍 같은 신위에 가슴이 답답해졌다.

'이 늙은이는 대체 누구야?'

거구 노인이 걸음을 옮길 때마다 지반이 쿵쿵거렸다. 다가선 거구 노인이 냉소빈을 일으켜 세웠다.

"괜찮냐?"

냉소빈은 엄청난 위용을 자랑하는 거구 노인의 신위에 절로 주눅이 들었지만 어쨌든 자신을 구해준 은인이기에 공손히 예를 표했다.

"고맙습니다, 은공."

"이런, 부상이 심하구나?"

"견딜 만합니다."

"크헛, 계집애가 제법이 강단이 있어."

거구 노인은 주변을 에워싸고 있는 명참대 당두들을 쓸어보았다.

"저 낯짝 가린 귀신들은 대체 뭐냐?"

"소녀를 죽이려 하는 자들입니다. 황태자 저하까지 척살하려 했던 흉악한 놈들이지요."

"흐음, 그래?"

거구 노인은 황실에 대해서는 별반 관심이 없는지 황태자 척살이라는 엄청난 애기를 듣고도 귓등으로 흘려들었다.

곽자영이 거구 노인을 향해 건조한 어조로 내뱉었다.

"늙은이는 꺼져라."

"뭐야? 감히 노부한테 꺼지라고?"

거구 노인은 떨떠름한 표정으로 자신의 머리를 긁적거렸다.

"거참, 노부가 아무리 십수 년 만에 출도했다지만 강호 밥 먹는 놈들이 어찌 노부를 몰라본단 말이냐?"

"우리는 무림과 무관하니 썩 꺼져라!"

"이놈아, 똑똑히 들어라."

거구 노인은 냉소빈을 가리켰다.

"이 아이가 사내였다면 네놈들이 살을 저미든 눈알을 파내든 상관하지 않았을 거다. 하지만 그 누구도 내 앞에서 계집은 못 죽여. 그것이 바로 노부의 철칙이다!"

계집은 못 죽인다!

거구 노인이 내세운 터무니없는 규칙에 곽자영은 말로 해결되지 않을 상황임을 인식했다.

"죽여!"

곽자영이 소매를 휘젓자 당두들이 일제히 몸을 날렸다.

간격을 두고 각기 조를 이루어 돌격하는 당두들의 파상적인 공세는 명참대의 특기 중 하나인 참쇄진(斬碎陣)이었다.

참쇄진은 하나의 표적을 향해 지속해서 집중적인 타격을 하는 진법이기에 아무리 강한 상대라도 기력이 소진돼 쓰러질 수밖에 없다.

거구 노인은 날아드는 당두들을 쓸어보고는 몸에 두른 쇠사슬을 발출했다

"꺼져라, 버러지들!"

호선을 그리며 뻗어 나간 쇠사슬은 급속히 회전하며 거대한 소용돌이를 일으켰다.

위이잉!

일순 사위가 어두워지며 번들거리는 쇠사슬만 보였다.

곧이어 잇단 폭음이 터지며 당두들이 일시에 나동그라졌다.

"아악!"

"크아악!"

열 명 이상 기혈이 터져 즉사했고 나머지도 엄중한 부상을 면치 못했다. 쇠사슬에 정통으로 적중된 세 명은 시신의 형체도 찾아볼 수 없는 폭사를 당했다.

단 일격에 명참대 당두들이 모두 쓰러지자 곽자영은 자신의 눈을 의심했다. 세상에 이렇듯 엄청난 고수가 존재한다는 것을 비로소 절감했다.

뒤에서 이를 지켜보던 냉소빈은 희망적인 감격에 젖었다.

'아, 은공께서 절세고수였을 줄이야!'

거구 노인은 머리를 긁적거리며 곽자영을 향해 이죽거렸다.

"이놈아, 이제 너 혼자 남았구나. 노부는 달아나는 놈은 쫓지 않으니 목숨이 아까우면 어서 도주해라."

곽자영은 거구 노인을 향해 검을 겨누었다.

"누가 죽을지는 겨뤄봐야 한다!"

황태자 척살에 일차적으로 실패한 그로서는 냉소빈이라도 추포해야 하는 절박한 처지였다. 거구 노인이 엄청난 강적임을 인식했지만 그렇다고 순순히 물러설 수도 없었다.

"차앗!"

검극에 혼신의 진기를 운집한 곽자영은 거구 노인을 향해 날아들었다.

신검합일의 기초 단계인 검신혼원세(劍身混元勢).

검이 날아들기도 전에 검극에 뿜어진 검기가 거구 노인을 향해 파고들었다. 그러나 곽자영의 혼신 절기도 거구 노인을 위협하기에는 너무 미약했다.

"어라, 귀신 새끼가 아주 허접한 놈은 아니네?"

거구 노인은 검지와 중지 두 손가락을 내밀어 집게처럼 검극을 쥐었다.

검기는 순식간에 소멸했고 곽자영의 검은 마치 천 근의 집게에 물린 듯 꼼짝도 할 수 없었다.

'허억, 이렇게 강할 수가?'

거구 노인은 곽자영의 검을 손가락으로 팅겼다.

"네놈이 그래도 기개가 가상하니 살려준다."

따앙!

검이 박살 난 곽자영은 장기가 뒤틀리는 고통 속에서 뒤로 퉁겨졌다.

첨벙……!

개울물에 처박힌 곽자영은 혼절한 채로 개울을 따라 흘러 내려갔다.

싸움은 너무도 간단히 끝났다.

냉소빈은 거구 노인 앞에 한쪽 무릎을 꿇었다.

"은공의 은혜 백골난망입니다."

"큭, 은혜는 무슨. 네가 계집이라 구해주었을 뿐이야."

"은공의 대명을 알고 싶습니다."

거구 노인은 크게 자존심이 상한 듯 눈을 부릅떴다.

"인석아, 너도 무림의 계집으로 보이는데 노부가 누구인지 정녕 모르느냐?"

냉소빈은 면구스러운 듯한 낯빛을 띠며 공손하게 손을 모았다.

"송구합니다, 은공. 소녀는 황태자를 섬기는 호위장으로 무림과는 무관합니다."

"황궁 소속……? 뭐, 그렇다면 모를 수도 있겠구나?"

거구 노인은 입맛을 쩝 다시고는 커다란 주먹으로 자신의 가슴을 두드렸다.

"오냐, 노부가 바로 절대사천왕(絶代四天王) 중 으뜸인 천투패왕(天鬪覇王)이다."

투신(鬪神) 천투패왕.

사십 년 이래 싸움의 신으로 천하를 종횡해 패한 적이 없는 무적의 고수. 그런 그가 오랜 은거를 깨고 다시 세상에 출현한 것이다.

냉소빈도 절대사천왕에 대해서는 들은 적이 있기에 감동과 놀라움에 젖고 말았다.

"아. 은공께서 바로 천투패왕이셨군요?"

"오냐. 일어나라."

냉소빈을 일으켜 세운 천투패왕은 그녀를 찬찬히 훑어보고는 고개를 끄덕였다.

"좋구나. 계집치고는 정말 근골이 훌륭해."

천투패왕은 냉소빈의 한쪽 어깨를 감싸 쥐며 은근한 어조로 제안했다.

"네가 혹시 노부의 제자가 되고 싶은 생각은 없느냐?"

"예에?"

"노부의 제자가 된다면 이따위 놈들한테 수모를 당하는 일은 없을 거야. 능히 무림의 여제가 되어 천하를 호령할 수 있지."

냉소빈은 천투패왕의 경이로운 절기를 견식했기에 그 말이 결코 허풍이 아님을 인정했다. 하지만 지금 그녀에게는 황태자의 안위가 무엇보다 중요했다.

"송구합니다, 은공. 소녀는 황태자 저하를 섬겨야 하는 신분이라 은공의 호의를 받들 수가 없어요. 이 점을 헤아려 주세요."

"허엄, 그러하냐?"

천투패왕은 아쉬운 듯 냉소빈을 쓸어보고는 둥실 떠올랐다.

"알겠다. 인연이 되면 또 만나게 되겠지."

거구의 몸임에도 불구하고 천투패왕은 한 마리 붕새처럼 순식간에 하늘 저편으로 사라졌다.

"아, 정말이지 신인(神人)이셔."

냉소빈은 아주 잠깐 천투패왕의 제자가 되지 못함을 아쉬워하다가 현실을 인식했다.

"내가 무슨 생각을."

냉소빈은 다리를 절며 능선을 향해 달려갔다.

"어서 저하께 가봐야 해."

第四章
아, 용의 추락

1

"헉… 헉……!"

가파른 비탈을 기어오른 주환은 바위에 기대앉아 가쁜 숨을 몰아쉬었다.

주환은 금룡천서를 통해 상승검법을 저절로 습득할 수 있었지만, 내공을 수련한 적이 없어 공력은 전무한 상태다. 더군다나 관병들의 순찰과 검문을 피하기 위해 산중으로만 다녔기에 제대로 먹지를 못해 탈진에 이르렀다.

주환은 허옇게 마른 입술을 혀로 핥으며 의지를 북돋웠다.

'여기서 쓰러져서는 안 돼. 나를 구하기 위해 자신을 희생하려 한 소빈을 생각해서라도 평원으로 가야 한다. 내가 제위

에 오르지 않아도 상관없어. 하지만 부황의 갑작스러운 승하에 대한 의혹만큼은 반드시 밝히겠다.'

잠시 숨을 돌린 주환은 힘겹게 몸을 일으켰다.

"가자. 어떻게든 평원으로 가서 외조부를 뵈어야 해."

능선을 넘어선 주환은 산길을 따라 무거운 걸음을 옮겼다.

한데 이때였다.

삐이— 삐이익—!

호각 소리가 울리더니 곧이어 날카로운 호각 소리가 여기저기서 메아리쳐 들려왔다.

주환은 가슴이 덜컥 내려앉았다.

'내 행적이 발각된 건가?

자신을 노리는 자들이 바싹 추격해왔음을 인지한 주환은 수림 속으로 뛰어들었다. 그러나 수림 속도 안전한 피신처가 될 수 없었다.

꽃무늬 문양의 옷을 걸친 여인들이 수림 안쪽에서 달려왔다.

"표적을 찾았다!"

"어서 궁주님께 보고해!"

주환은 어쩔 수 없이 수림 밖으로 피신해야 했다.

'저 계집 무사들은 뭐지? 지난번 향산 별궁을 습격한 귀면탈과는 다른 무리인가?

한데 더 이상 피할 곳이 없었다.

까마득한 벼랑.

벼랑 아래로 흐르는 강물이 실개천처럼 가늘게 보였다. 주변이 천길 벼랑으로 둘러 있어 주환은 옴짝달싹할 수 없는 처지가 되었다.

'아, 끝났구나.'

깊이 체념한 주환이 천천히 몸을 돌렸다.

비록 쫓기는 신세로 전락했어도 그는 황태자였다. 죽을 때 죽더라도 비굴한 모습을 보일 수는 없었다.

스무 명의 여인 무사들이 유일한 퇴로를 막아섰다. 이어 두 여인이 주환 앞에 내려섰다.

만화궁주 자요미와 총관 홍유란.

홍유란은 꽃이 가득 담긴 바구니를 품에 안고 있었다.

주환과 내면한 자요미는 상내의 헌앙한 풍모와 남다른 기품에 내심 탄복했다.

'아. 고귀한 핏줄은 역시 따로 있군. 황태자만 아니라면 정말 죽이고 싶지 않은 사내야.'

주환이 자요미를 직시하며 물었다.

"네 신분을 밝혀라."

자요미는 가볍게 포권을 취했다.

"소첩은 만화궁의 궁주인 자요미라 합니다."

"만화궁……? 자금성 내에 그런 궁이 있었던가?"

"호호, 자금성 내에는 물론 없지요. 본궁은 무림계의 한 문파에요."

"그렇군. 내가 알기로 무림과 황궁은 별개라 들었는데 너희가 왜 나를 쫓는 거지?"

"저하께서 소첩이 필요로 하는 것을 갖고 계시기 때문이지요."

"그것이 뭐냐?"

자요미는 가는 미소를 머금으며 손으로 자신의 목을 긋는 모습을 보였다.

"바로 저하의 목."

"무도한 것!"

주환은 자요미가 대동한 여인 무사들을 쓸어보았다.

"지난번 향산을 습격한 무리는 아닌데… 너도 귀면탈과 같은 패거리냐?"

"부류는 다르지만, 목적은 같지요."

"너희의 배후가 누구야? 폐하의 갑작스런 승하에 너희도 연관돼 있는 거냐?"

"송구해요, 저하. 맹세를 했기에 그 사안에는 답변을 해드릴 수가 없군요."

자요미는 홍유란이 받쳐 들고 있는 꽃바구니에서 꽃을 한 송이 꺼내 아삭아삭 씹었다. 꽃은 그녀의 젊음과 생기를 유지해 주는 필수적인 먹을거리였다.

"과연 제국의 황태자답게 귀상이십니다. 상황만 허락된다

면 저하와 운우를 즐기고 싶지만 그렇지 못하는 것이 아쉽군
요."

　남녀의 교접을 공개적으로 운운하는 자요미의 노골적인
색기에 주환은 분노를 금치 못했다.

　"추잡하구나! 그 더러운 입을 닫지 못할까?"

　"호호, 손만 뻗으면 언제든 취할 수 있는 계집들을 지척에
두고 있던 저하께서 너무 고상한 척하지 마십시오."

　자요미는 측면의 여인 무사에게 턱짓을 해보였다.

　"검을 내드려라."

　"예, 궁주님."

　여인 무사는 검을 뽑아 주환에게 공손히 바쳤다.

　주환은 의아한 눈빛으로 자요미를 보았다.

　"이게 무슨 짓이냐?"

　"보고에 의하면 저하께서 놀라운 검법으로 명참대를 격파
했다고 하더군요. 고귀한 신분으로 언제 무공을 배우셨는지
몰라도 한번 견식하고 싶어요."

　"자요미라 했던가? 난 황태자야. 네가 나를 죽일 수는 있어
도 모욕할 수는 없다!"

　주환이 분연히 외치자 자요미는 나른한 조소를 머금었다.

　"지렁이도 밟으면 꿈틀한다고 하더군요? 죽기 전에 마지막
발악이라도 하셔야죠?"

　주환은 지독한 모멸감에 지그시 입술을 깨물었다.

　죽음이 두렵지 않은 것은 아니지만, 더 비참한 것은 죽음 앞에 초라해지는 것이다. 그래서는 안 되었다. 설사 그가 황족의 신분이 아니더라고 기개가 꺾인다면 대장부일 수 없었다.

　주환은 여인 무사가 내민 검을 손에 쥐었다.

　"오냐, 내 검법을 보겠다면 기꺼이 보여주마."

　자요미는 무릎도 굽히지 않은 채 뒤로 미끄러졌다.

　"공격!"

　명을 받은 여인 무사들이 원형검진을 펼쳐 주환을 에워쌌다. 여인 무사들이 서로 교차하자 사람은 사라진 채 검들만 허공에 둥실 떠올랐다.

　'이것이 진세라는 건가?'

　시야가 어지러워지자 주환은 정신을 가다듬기 위해 고개를 흔들었다.

　'이건 허상일 뿐이다.'

　이때 여인 무사들이 짤막한 기합을 지르며 동시에 달려들었다. 사람의 모습이 제대로 보이지 않으니 마치 검만 날아드는 형상이었다.

　주환은 주변 상황을 무시한 채 금룡천서에 몰입했다.

　"창공을 나는 봉황은 천계에 이르고, 어둠을 맴도는 올빼미는 명계를 여는구나!"

　주환은 구결을 외치며 화려한 검화를 뿌려냈다.

따― 따땅!

여인 무사들의 검이 대번에 퉁겨졌다.

제이열의 여인 무사들이 재차 공격을 펼쳤지만, 이번에도 주환의 기이한 검법에 의해 속절없이 무산되었다.

이를 본 자요미는 눈을 휘둥그레 떴다.

"호오, 세상에 저런 검법이 다 있단 말인가?"

홍유란 역시 경이에 찬 눈빛으로 주환의 검법을 주시했다.

"검극에서 뿜어지는 검화가 신비로워 본궁의 만화검진이 전혀 위력을 발휘하지 못하고 있습니다."

자요미는 꽃 한 송이를 입에 넣고는 눈을 가늘게 떴다.

"조금 더 두고 보자."

몇 차례의 공세가 수포로 돌아가자 여인 무사들은 더욱 매서운 검법을 구사했다.

쐐애액!

여덟 자루의 검이 동시에 날아들며 주환의 팔대요혈로 파고들었다. 팔대요혈은 생명과 직결되는 부위이기에 스치기만 해도 목숨을 잃게 된다.

주환은 한 발을 축으로 빙글 회전하며 검을 휘둘렀다.

"대붕은 천산에서 치솟고 일월은 창해에서 떠오르네!"

검극에서 뿜어진 수십 개의 검형이 화려하게 피어올라 여인 무사들은 경악하고 말았다.

따― 따땅!

날카로운 금속성과 함께 여인 무사들은 답답한 신음을 토하며 비틀비틀 물러섰다. 그녀들이 손에 쥐었던 검은 모두 팅겨 나간 상태였다.

검진이 와해되자 자요미의 입가에 탐욕스런 미소가 피어올랐다.

'황태자가 어디서 저런 신비한 검법을 배웠겠어? 분명 황궁무고에서 절기를 얻었을 거야. 반드시 황태자를 죽여 금룡무고의 절기를 손에 넣겠다.'

살기를 가슴에 품은 자요미가 옷자락을 나풀거리며 주환 앞으로 내려섰다.

"훌륭한 검법 잘 보았습니다. 한데 검법이 이름이 궁금하군요."

주환은 자요미를 향해 검을 겨누었다.

"네년을 죽일 절명검법이다!"

"호호, 검법은 훌륭하지만, 내공이 다소 미흡하군요. 그런 검법으로는 소첩을 죽일 수 없지요."

"너를 처벌하는 것은 내 검이 아니라 하늘이다!"

주환은 빙글 몸을 틀며 수평으로 검을 그었다.

쐐애액!

주환의 검이 대번에 자요미의 수급을 날려 버렸다.

주환은 여인 무사들의 수괴가 너무 간단히 죽자 오히려 의아해했다.

"뭐야……?"

한데 실로 믿을 수 없는 변괴가 펼쳐졌다.

수급이 떨어져 나간 부위에서 자요미의 목이 다시 솟아오르는 것이 아닌가.

"오호호!"

자요미의 요사한 웃음소리에 주환은 자신이 우롱당했음을 직감했다.

"요망한 것! 웬 사술이냐?"

"사술이 아니라 둔광환허라는 환술이죠."

"눈속임 따위로는 내 검을 피할 수 없다!"

자요미를 향해 다가선 주환이 재차 검결을 전개했다.

"푸른 강물은 천 리를 흐르고 향기로운 바람은 만 리에 이르도다!"

자요미는 전신을 휘감으며 파고드는 검화에 흠칫 놀라 옆으로 비켜섰다.

찌이익!

검극이 자요미의 가슴 부위를 스치며 옷자락이 베어졌다. 속옷을 받쳐 입지 않는 그녀이다 보니 옷자락이 베이면서 탱탱한 젖가슴이 여실하게 드러났다.

여느 여인이라면 수치심에 젖어 이를 감추었겠지만 자요미는 조금도 당황해 하지 않았다.

"호호, 저하께서 소첩의 몸에 관심이 있는지 몰랐군요. 진작 말씀하시지."

자요미는 자신의 젖가슴을 애무하며 색정 어린 미소를 흘렸다.

"이런 음탕한 계집!"

주환은 자요미를 향해 힘껏 검을 찔렀다.

검극에서 뿜어진 화려한 검화가 시야를 어지럽히자 자요미는 내심 놀라움을 금치 못했다.

'막상 상대해보니 더 기묘하구나!'

자요미는 절세급 고수였지만 주환의 신묘한 검법을 쉽게 파훼할 수 없기에 접근이 용이치 않았다. 물론 그녀가 병기를 뽑지 않아 상대적으로 불리했지만, 그녀의 신분과 지위를 감안한다면 잠시 위축된 것만으로 치욕이었다.

주환은 계속해서 금룡천서에 집중했다.

"창해를 떠오른 대붕은 해와 달을 넘나든다!"

부챗살처럼 펼쳐진 검형이 꼬리를 물고 일어나면서 자요미를 휘감았다.

자요미의 표정이 신중해졌다.

'허투루 볼 상황이 아니야. 경시했다가는 내가 먼저 당하겠구나!'

공력을 운기하자 그녀의 두 손이 희게 변했다. 그녀의 절기 중 하나인 백옥수였다.

"차앗!"

그녀의 손끝을 통해 강력한 수강이 발출되었다.

주환은 전신의 피를 동결시킬 것 같은 한기에 허연 입김을 내뿜었다. 공력이 전무한 그로서는 상대의 심후한 내가기공에 지극히 취약했다.

주환의 화려한 검법이 급속도로 저하되자 자요미는 유령처럼 다가서며 주환의 검을 맨손으로 움켜쥐었다.

흠칫 놀란 주환이 검을 빼려 했지만 마치 바위에 박힌 듯 꿈쩍도 하지 않았다.

자요미는 주환의 손에서 간단히 검을 빼앗아 쥐었다.

"저하, 이제 포기하시지요?"

"오냐. 어서 죽여라, 음탕한 계집!"

자요미의 눈매가 가늘어졌다.

"내가 음탕하다고?"

"네 꼴을 보면 모르겠느냐?"

"호홋, 내가 비밀을 하나 알려줄까?"

자요미는 주환의 목을 바싹 끌어안았다.

"황제인 네 아비도 내 엉덩이 아래에서 쾌락에 몸부림치다 죽었어. 알아?"

자요미의 입술이 주환의 입술을 덮었다. 꽃을 상식하는 자요미이기에 입에서 향기가 풍겼지만 주환에게는 악취인 양 역겹게만 느껴졌다.

자요미를 밀어낸 주환이 엄하게 꾸짖었다.

"사악한 계집! 네년이 감히 부황을 살해했단 말이냐?"

자요미는 싸늘한 조소를 머금으며 검을 내질렀다. 검은 그대로 주환의 가슴으로 파고들었다.

퍼억!

가슴을 뚫고 나온 검이 등판까지 비집고 나왔다.

"크으윽……!"

가슴을 움켜쥔 주환은 비틀비틀 뒤로 물러섰다. 입을 통해 붉은 피가 뭉클뭉클 흘러나왔다.

"자요미… 너를 잊지 않겠다……!"

자요미는 도도한 웃음을 흘렸다.

"호호, 이 나라 황제와 황태자가 모두 내 손에 죽는구나!"

그녀가 손을 내젓자 폭음과 함께 주환이 벼랑 밖으로 튕겨 나갔다. 가슴에 검을 꽂은 주환은 까마득한 벼랑 아래로 추락했다.

벼랑가로 다가선 자요미는 이미 하나의 점으로 화해버린 주환을 내려다보며 냉소를 흘렸다.

"호홋, 황태자도 별거 아니군."

옆으로 다가선 홍유란이 넌지시 물었다.

"궁주님, 왜 황태자의 목을 베지 않으셨습니까? 진류왕은 황태자의 목을 요구했습니다."

자요미는 팔짱을 끼며 하늘을 올려보았다.

"황실은 믿을 수 없어. 황태자는 분명 죽었지만, 황태자의 목을 보지 못한 이상 진류왕은 항상 찜찜하겠지.”

“하오면 일부러……?”

“그래, 저들에게 한 가닥 불안 요소를 남겨 두어야 감히 나를 살해할 마음을 품지 못할 거 아니겠어?”

벼랑에서 돌아선 자요미는 수하들을 쓸어보며 단단히 주지시켰다.

“오늘 일은 누구도 입 밖에 내서는 안 된다. 알겠느냐?”

2

황태자 피살!

충격적인 공고가 도성과 하북 일대에 일제히 내걸리면서 백성들은 놀라움을 금치 못했다.

선황의 승하로 제위에 올라야 하는 황태자의 피살은 국가적인 변란이 아닐 수 없었다. 당연히 비상사태가 선포되어야 하는데도 불구하고 관병들의 움직임은 의외로 평온했다.

황태자가 도적 떼에 의해 피살되었고 도적들은 모두 추포돼 참형을 당했으니 백성과 관부는 동요하지 말라는 것이 진류왕의 포고였다.

백성들로서는 누가 황제가 되든 중요치 않기에 세상이 시끄럽지 않은 것을 오히려 다행으로 여겼다. 마음속으로만 젊은 황태자의 비운을 애석해하는 것이 전부였다.

우지끈— 콰쾅!

아름드리나무들이 베어지면서 숲 일각이 무너지고 있었
다.

"아니야! 그럴 리가 없어!"

피를 뿜듯이 절규하며 검을 휘두르는 여인은 냉소빈이었
다.

냉소빈은 천투패왕 덕분에 명참대의 추격에서 벗어나 도
회진으로 향하고 있었다. 그러던 중 성문 앞에 걸린 공고를
보는 순간 그녀는 미칠 것만 같았다.

성시를 벗어나 산중으로 뛰어든 그녀는 비통함과 격분을
이기지 못하고 마구 검을 휘둘러댔다.

"거짓말이야! 저하는 돌아가시지 않았어!"

전신의 기력을 소진될 때까지 검을 휘둘러대던 냉소빈은
급기야 털썩 주저앉아 통곡했다.

"저하, 흑흑! 저하!"

자신의 목숨보다 소중한 상전을 지키지 못했다는 자책감
에 그녀는 죄인이 된 심정이었다.

"흑흑, 저하를 지키지 못한 불충한 저를 죽여주십시오!"

상심에 극에 이른 냉소빈의 눈에서 눈물 대신 피가 흘러내
렸다. 그녀는 하늘을 우러러보며 간곡하게 청했다.

"하늘이시여, 차라리 저를 데려가고 저하를 살려주십시오!"

오래도록 비통함에 젖어 눈물을 뿌린 냉소빈은 허탈감에 젖어 검을 쥐었다.

"그래, 죽어서라도 저하를 모셔야 해. 저하 혼자 얼마나 외로우실까? 나라도 저하 곁에 있어야 해."

냉소빈은 검극을 턱밑에 댔다.

"저하, 이제 곧 뵙게 되겠군요. 이럴 줄 알았으면 저하와 헤어지지 않았을 것을……"

그녀는 검을 쥔 손에 힘을 가했다. 꽃다운 청춘이 막 스러질 순간이었다.

일순 손을 멈춘 냉소빈이 바닥에 내동댕이쳤다.

"아니야. 이렇게 죽는 것은 의미가 없어. 저하의 원수를 갚아야 해."

냉소빈의 눈에서 새파란 독기가 피어올랐다.

"저하의 시해에 조금이라도 연관이 있는 자들은 모조리 죽이겠다. 저하의 복수를 한 후… 그때 죽어도 늦지 않아."

새롭게 각오를 다진 그녀는 검을 뽑아 검집에 꽂았다.

"복수… 반드시 저하의 원수를 갚겠다!"

잠시 전까지 상심과 좌절감에 빠져 자결을 작심했던 냉소빈이 아니었다. 전신을 태울 듯한 분노와 원한에 젖은 그녀는 복수의 화신이 되었다.

문득 천투패왕을 떠올린 그녀는 지그시 입술을 깨물었다.

“그래, 투신을 찾아가자. 그분이라면 나를 절세고수로 만들어 줄 거야. 복수를 하려면 강력한 무공이 필요해!”

3

자금성 건천궁.

황제의 침소를 차지한 진류왕은 황태자가 죽었다는 보고에 뛸 듯이 좋아했다.

“됐어. 이제 남은 황자들만 적당히 제거하면 되겠군.”

풍성한 주안상을 앞에 두고 앉은 진류왕은 너무 기뻐 술을 마셔도 취하지 않았다.

마침내 그의 오랜 야망이 성사되기 직전이었다.

적통이 아니라는 이유만으로 그는 출중한 용모와 학식을 지니고도 제위에 오를 수가 없었다. 황제의 아우였기에 진류 땅을 봉읍으로 받아 진류왕이 되었지만, 황제와 군왕의 신분은 하늘과 땅만큼이나 차이가 컸다.

더군다나 황제의 위엄과 통치에 조금이라도 위협이 되는 황족은 암암리에 제거되는 것이 황실의 전통이기에 진류왕은 오랜 세월 숨죽이며 살아야 했었다.

단숨에 술잔을 비운 진류왕은 벌써부터 꿈에 부풀어 있었다.

‘황제… 황제! 이제 내가 황제가 되는 거다!’

그는 저절로 터져 나오는 웃음을 멈출 수가 없었다.

"하하핫!"

평소 감정을 자제하고 섣부르게 속내를 드러내지 않은 냉철한 성격의 소유자인 그였지만 이 순간만큼은 희열에 젖어 감정을 주체할 수가 없었다.

이때 문밖에서 늙수그레한 음성이 들려왔다.

"전하, 노신입니다."

진류왕은 비로소 열락과 같은 감정을 자제했다.

"들게."

접견실로 들어선 사람은 장인태감 조고였다.

진류왕은 술잔 가득 술을 부었다.

"이 모두 조 태감의 공일세. 어서 내 술을 한잔 받게."

"황공하오이나, 전하. 반화궁주가 내기해 있소이나."

"자요미가?"

"약속대로 금룡무고의 열쇠를 받으러 왔소이다."

"금룡무고의 열쇠라……."

진류왕의 눈매가 가늘어졌다.

황태자가 죽기 전에는 간이라도 빼 주고 싶은 그였지만 황태자 죽은 상황이기에 그는 생각이 조금 달라졌다. 물론 군왕의 약속이니 지켜야 하겠지만, 상대가 몸 달아 하는 보물을 하사하는 만큼 한껏 생색을 내고 싶었다.

"들이게."

진류왕은 조고에게 내주려는 술잔을 자신이 대신 비웠다.

조고가 나가고 꽃무늬 피풍의를 두른 여인이 접견실로 들어섰다. 한 겹 나삼만을 걸쳤기에 피풍의 아래로 여인의 탱탱한 몸매가 여실하게 느껴졌다.

"전하를 뵈옵니다."

여인은 교태 어린 미소를 머금으며 공손히 예를 올렸다. 전신 가득 색기가 물씬 풍기는 여인은 만화궁주 자요미였다.

진류왕은 일전에 왕부에서 그녀를 잠시 대면한 적이 있었지만, 당시는 단상 위에서 면담한 데다 자요미가 면사를 쓰고 있었기에 그 자색을 확인하지 못했었다.

'호오, 이렇듯 절색이었단 말인가?'

자요미가 다가서자 그녀의 향긋한 체향에 진류왕은 짙은 욕정에 휩싸였다.

"그래, 주환의 수급은 가져왔겠지?"

"송구하오나 황태자의 목은 가져오지 못했습니다. 하지만 소첩이 직접 황태자의 가슴에 검을 꽂았고 천길 벼랑으로 떨어졌으니 살아나기는 불가합니다."

"아쉽구나. 주환의 머리를 꼭 보고 싶었는데……."

진류왕이 못내 아쉬워하자 자요미는 사르르 눈웃음을 쳤다.

"죽은 것이 확실하니 심려 놓으십시오."

"그래, 그대를 믿겠다."

　말은 그리했지만 주환의 수급을 눈으로 보지 못했기에 일말의 불안감을 떨쳐낼 수가 없었다.
　진류왕은 자요미의 팽팽한 젖가슴부터 아랫배까지 시선을 훑어 내렸다.
　"그대가 절색의 미모를 지녔다만 조 태감의 말에 의하면 몸매가 더 아름답다고 하던데?"
　"이름을 불러주십시오, 전하."
　"오냐, 요미. 네 아름다운 몸매를 보여주겠느냐?"
　"전하의 명인데 소첩이 어찌 거역하겠습니까?"
　피풍의를 벗어던진 자요미는 허리띠를 끌렀다. 앞자락을 열어젖히자 눈부신 나신이 그대로 드러났다.
　자요미의 다리 사이를 훑은 진류왕은 숨이 턱 막혔다.
　'오, 천하의 명기라는 백문!'
　하늘거리는 허리를 흔들며 다가선 자요미는 농염한 자태를 취했다.
　진류왕의 눈을 통해 이글거리는 욕화를 확인한 자요미는 뇌쇄적인 염기를 뿜어냈다. 그녀는 대담하게도 진류왕의 무릎 위에 걸터앉았다.
　"소첩을 원하시는군요. 하오면 무엇을 주저하세요? 전하가 원하시는 꽃이 눈앞에 있지 않습니까?"
　한데 진류왕이 엄한 표정을 띠며 자요미를 밀어냈다.
　"됐다, 요미."

“전하……?”

“너의 몸매는 확실히 천하일품이다. 하지만 너는 이미 선황이신 내 형님을 모셨던 몸이 아니더냐? 경위에 어찌 됐든 선황을 모셨으니 너는 네 몸을 소중히 여겨야 할 것이다.”

“…….”

자요미는 피풍의로 몸에 두르고는 섭물진기로 옷을 끌어들였다.

‘역시 군왕은 다르군. 놀라운 의지력으로 내 미환박심공을 이겨내다니.’

하지만 자신의 유혹이 거부당했다는 사실에 심정이 씁쓸했다.

진류왕은 술을 한 모금 마시고는 신중하게 물었다.

“요미, 황태자 주환이 분명 죽었느냐?”

“물론입니다, 전하.”

자요미가 확신하자 진류왕은 비로소 안도했다.

“알겠다. 약속대로 금룡무고의 열쇠를 내주겠다. 하지만 금룡무고의 병기나 서책은 황궁의 귀한 보물이니 필요한 것만 취하면 속히 나와야 할 것이다.”

第五章
새로운 운명 · 용운몽(龍雲夢)

1

끝없는 어둠이다.

빛 한 점 보이지 않는 절대적인 어둠이기에 공포스럽다. 더욱 끔찍한 것은 숨조차 제대로 쉴 수 없는 질식감이다. 몸이 뒤틀리며 육신을 떠나려는 영혼의 몸부림이 지독히도 고통스럽다.

일순 한 줄기 빛이 어둠 속으로 스며든다. 동시에 숨통이 트이면서 고통스러운 질식감이 스러진다.

"후우!"

긴 한숨과 함께 깨어난 청년이 눈을 번쩍 떴다. 모호한 눈빛이 점점 초점을 잡아갔지만, 너무도 맑은 눈빛이 오히려 백

치처럼 느껴졌다.

청년은 천천히 눈을 깜빡였다.

그의 마지막 기억은 아주 깊은 어둠 속에서 고통에 몸부림치다가 한 줄기 빛을 보고 숏구친 게 전부였다.

이때 누군가 방으로 들어서며 반가움이 서린 음색으로 나직이 외쳤다.

"어마, 이제 깨어나셨군요?"

소반에 탕약을 받쳐 든 여인이 침상으로 다가서며 통나무 의자에 앉았다. 옷차림은 수수했지만, 피부가 백설처럼 희고 지혜가 담긴 보석 같은 눈망울을 지닌 절색의 여인이었다.

여인은 단아한 미소를 띠며 눈인사를 보냈다.

"의식을 회복하셨으니 고비를 넘기신 겁니다."

청년은 싱그러운 난초 향기를 풍기는 여인을 물끄러미 바라보았다.

"여… 여기는……?"

충격의 여파 때문인지 청년은 발음이 온전치 못했다.

"공자는 큰 부상을 당하셨어요. 운하(雲河)의 모래톱에 쓰러져 계신 공자를 소녀의 사부님께서 발견하고 옮겨온 것입니다."

"내가… 부상을……?"

"예, 가슴에 검이 꽂힌 위중한 부상이었어요. 천행으로 검이 심장을 비껴간 데다 폐도 다치지 않아 회생이 가능했지요.

공자는 꼬박 이레 만에 의식을 회복하신 겁니다.”

청년은 머리가 깨질 듯한 심한 두통에 두 손으로 이마를 감싸 쥐었다.

“으윽, 머리가… 너무 아프군.”

여인은 수저로 탕약을 떠서 청년의 입에 흘려 넣어주었다.

“이 탕약을 드시면 통증이 다소 가라앉을 거예요.”

청년은 애써 두통을 감내하며 탕약을 받아먹었다. 탕약 한 사발이 거의 비워지자 청년은 겨우 지독한 두통에서 벗어날 수 있었다.

“왜 이렇게… 머리가 아프지?”

여인은 안쓰러운 눈빛으로 청년을 바라보며 입가에 묻은 약을 닦아 주었다.

“공자의 몸에 타박상이 여러 곳 있었어요. 아마도 검에 찔린 채 높은 벼랑에서 추락한 것으로 짐작됩니다. 그 와중에 뇌호혈이 손상당해 두통을 유발하는 것 같습니다. 한데 어떻게 그런 부상을 당하신 거죠?”

청년은 미간을 찡그리며 관자놀이를 문질렀다.

“모르겠소. 전혀… 기억이 나지 않아.”

여인이 다소 당혹스런 표정으로 물었다.

“예에? 하면 어떻게 부상을 당했는지도 기억이 나지 않으세요?”

“전혀… 아무것도…….”

"공자의 대명은 어찌 되죠?"

"내 이름……?"

청년은 정신을 집중해 자신이 누구인지 떠올리려 했지만, 머릿속이 온통 새하얗게 변했다. 더 깊이 생각하려 들자 또다시 지독한 고통이 엄습해왔다.

"으음, 모르… 겠소."

청년이 인상을 찡그리며 입술을 달싹거리자 여인은 잠시 숙고하다가 애써 온화한 미소를 띠었다.

"뇌호혈 손상으로 잠시 기억을 잊으신 듯하군요. 큰 부상을 당한 사람들에게 가끔 일어나는 현상이지요. 기력을 회복하고 심적인 안정을 찾으면 예전의 기억을 되찾을 수 있을 거예요."

여인은 청년을 위로하고는 자신의 이름을 밝혔다.

"소녀는 임월지(林月芝)라 해요."

"임월지… 나를 구해주어 고맙소."

"당치 않아요. 모든 치료는 사부님께서 하셨죠. 소녀는 그저 옆에서 지켜보았을 뿐입니다. 이제 고비를 넘기셨으니 푹 주무세요. 한결 좋아질 거예요."

임월지는 슬며시 청년의 수혈을 짚어 주었다. 수혈이 짚인 청년은 전신이 나른해지며 깊은 잠에 빠져들었다.

일순 임월지의 표정이 심각하게 굳어졌다.

"자신의 이름조차 모르다니… 아예 실어증에 걸렸으면 모를까 신지가 온전한데 과거만 기억 못 해.”

그녀는 청년의 가슴에 두른 붕대를 끌러 살펴보았다.

가슴에서부터 등판까지 뚫린 중상이라 아주 위험했지만, 다행히도 감염 증상 없이 잘 아물고 있었다. 운신을 하는데 여러 날이 걸리겠지만 중대한 부상임을 감안하면 이 정도 회복만으로도 기적이었다.

“사부님의 치료를 받은 것이 천만다행이지. 어지간한 의원이었으면 손도 쓰지 못할 큰 부상이었어.”

임월지는 청년의 맥을 짚으며 몸 상태를 진단했다.

“흐음, 단전이 형성돼 있지 않고 진기가 전혀 감지되지 않은 것을 보면 무공을 수련한 사람은 아니야. 하지만 경락에 기이한 힘이 잠재돼 있어 심맥을 보호해준 덕분에 회생이 가능했어.”

그녀는 깊이 잠들어 있는 청년의 수려한 용모를 살피며 볼을 살싹 붉혔다.

“정말 보기 드문 귀상(貴相)이로군. 아마도 귀한 가문의 출신 같아.”

청년의 곱상한 손을 어루만진 그녀는 의아함에 젖었다.

“문사의 손처럼 부드럽군. 무림과는 무관한 백면서생이 어떻게 가슴에 검이 꽂히는 부상을 당한 걸까?”

이때 누군가 초옥으로 들어서며 쾌활하게 소리쳤다.

“언니, 공자 오빠는 아직 깨어나지 않은 거야?”

방년을 갓 넘어 보이는 앳된 소녀였다. 머리카락을 좌우로 땋아 방울 장식을 맨 모습이 토끼처럼 귀여웠다.

임월지는 흠칫 놀라 청년의 손을 감싸 쥐고 있던 자신의 손을 슬쩍 뺐다.

"왜 이렇게 호들갑이야? 공자께서 의식을 회복했다가 방금 잠드셨으니 조용히 해."

"어, 공자 오빠가 깨어났다고?"

소녀는 수련용 목검을 벽에 세워놓고는 침상으로 다가와 걸터앉았다.

소녀의 이름은 임월영(林月瑛).

임월지와는 친자매로 성격이 쾌활하고 붙임성이 좋았다.

임월지가 다소 수심 어린 빛을 띠었다.

"공자의 뇌호혈 손상이 가볍지 않아 우려했는데 역시 증상이 심각해."

"어떤 상태인데?"

"기억상실 증상이 아주 심해. 자신의 이름뿐 아니라 과거도 전혀 기억하지 못하고 있어."

임월영은 눈을 상큼 치켜떴다.

"뭐야? 그럼 백치가 된 거야?"

"실어 증세가 없으니 백치는 아니야. 다만 부상을 당하기 직전의 상황부터 과거를 기억 못할 뿐이지."

"그럼 어떻게 하지? 자신의 이름도 모르고 내력도 모르니

집으로 데려다 줄 수도 없잖아?"

"충격 때문에 그럴 수 있으니 경과를 지켜봐야 돼. 뇌호혈 손상이 회복되면 기억이 부분적으로 돌아올 수는 있을 테니까."

"참, 곤란하게 됐네. 공자 오빠의 이름도 모르는데 어떻게 부르지?"

"지금 이름이 문제겠어? 이 분이 기억상실에 의한 자괴감에 빠져들게 하지 않는 게 더 중요해."

임월지는 약사발을 챙겨 일어섰다.

"사부님께서 돌아오시면 기억상실에 대해 말씀을 드려야겠어. 참, 공자의 수혈을 짚어 놓았으니 푹 쉬게 소란피우지 마."

"알았어. 내가 뭐 어린애인가?"

"이 언니가 보기에 넌 여전히 어린애야."

임월영은 언니를 힐끗 보며 입술을 비죽거렸다.

"내가 보기에는 언니가 벌써 할머니 같아!"

"뭐야, 할머니?"

"너무 잔소리가 심하다는 거지. 공자 오빠는 내가 잠시 지켜볼 테니 언니는 어서 나가 봐."

"그래, 알았어."

임월지는 나직이 한숨을 쉬고는 초옥을 나갔다.

임월영은 손끝으로 청년의 오뚝한 콧날과 선명한 입술 선을 어루만졌다.

"아, 무슨 사내가 이렇게 근사하게 생겼을까?"

임월영은 다정한 눈빛으로 청년을 바라보다가 문 쪽을 힐끗 보았다. 인기척이 전혀 느껴지지 않자 임월영은 품속에서 금패를 꺼내 들었다.

생동감 넘치는 금룡이 양각된 금패.

금패 어디에도 글자가 새겨져 있지 않아 내력은 알 수 없지만, 한눈에도 평범한 물건은 아닌 것으로 보였다.

"공자 오빠가 기억을 상실했으면 이 금패가 내력을 밝혀줄 유일한 신물일 텐데……."

금패는 사실 청년의 소지품이다.

이레 전 모래톱에 쓰러져 있는 청년을 처음 발견한 사람은 임월영이었다. 당시 그녀는 청년의 옷 밖으로 반쯤 흘러나온 금패를 자신이 챙겨 두었다. 이후 사부와 언니에게 청년의 존재를 통보했기에 금패의 존재는 그녀만이 알고 있었다.

하지만 아직 어린 나이여서 그런지 임월영은 금패를 자신만의 비밀로만 간직하려 했다.

임월영은 금패를 품속 깊이 간직하고는 청년의 얼굴에 대고 나직이 속삭였다.

"공자 오빠, 사부님과 언니가 오빠를 성심껏 치료해 주었지만, 오빠를 처음 발견한 사람은 나라고요. 그 점 잊지 말아요."

운하가 내려다보이는 강변 언덕 위로 청년은 바위 위에 걸터앉아 있었고 두 여인이 옆에 서 있었다.

청년은 아직도 부상에서 회복되지 않았는지 다소 구부린 채로 지팡이를 짚고 있었다. 청년의 눈빛은 맑았지만 기억 상실의 영향 때문인지 가끔은 꿈을 꾸는 듯한 몽롱함에 젖었다.

그래도 중한 부상을 당한 몸으로 이렇듯 바깥출입을 할 수 있다는 것은 경이로운 회복력이었다.

임월영이 강변의 모래톱을 가리키며 활달한 어조로 말했다.

"저기 모래톱 보이죠? 제가 오빠를 발견한 곳이에요."

동생의 살가운 어조에 임월지가 핀잔을 주었다.

"월영아, 제발 조신하게 처신해. 처음 대하는 공자께 무슨 경망스런 말투야?"

"내가 뭐 틀린 말을 한 것은 아니잖아?"

임월영은 청년 옆에 나란히 앉으며 다정하게 물었다.

"제가 오빠로 불러도 되죠?"

청년은 모호한 미소를 머금었다.

"그래, 월영처럼 귀여운 여동생이 있다면 나도 좋아."

어조는 낮았지만, 발음은 전혀 어눌하지 않았다.

임월영은 언니에게 시선을 돌리며 도도하게 턱을 치켜들었다.

"것 봐. 오빠도 좋아하잖아?"

"그래, 알았어."

임월지는 실소를 흘리며 고개를 저었다.

청년의 시선이 잠시 모래톱에 고정되었다. 그곳을 통해 자신과 연관된 기억을 떠올리려 하자 갑자기 뇌 신경이 머리 전체를 압박해 왔다.

"으음……!"

청년이 머리를 감싸 쥐자 두 자매가 안쓰럽게 바라보았다.

"어마, 또 두통이에요?"

"오빠, 괜찮아요?"

청년은 깊이 숨을 들이켜고는 관자놀이를 문질렀다.

"기억을 떠올리려 하면 너무 괴로워."

청년을 잠시 진맥한 임월지가 혈도 몇 곳을 지압해 주었다.

"무리하지 마세요. 아직 뇌호혈 손상이 완치되지 않아서 그래요."

임월지의 처치 덕분에 청년은 머리가 겨우 깨질 듯한 두통에서 벗어날 수 있었다.

"공자, 체력을 회복하는 것이 우선입니다. 그러다 보면 조금씩 자신과 관련된 기억이 저절로 되살아날 것입니다."

"알겠소. 그리하리다."

임월영은 물끄러미 청년을 바라보다가 임월지에게 물었
다.

"언니, 오빠한테도 이름이 있어야 하지 않을까?"

"이름……?"

"그래, 언니도 오빠를 마냥 무명공자로 호칭할 수는 없잖
아?"

"그렇기는 하지만 이름은 아주 중요한 사안이라 신중하게
생각해야 해."

청년은 계곡 사이를 따라 흘러내리는 운하를 바라보다가
임월영의 제안에 적극적으로 응했다.

"월영 말대로 내게도 이름이 있어야겠소. 내가 누구인지
몰라도 이름마저 없다면 내 존재가 너무 공허하지 않겠소?"

임월영은 품속에 숨기고 있는 금패를 떠올리며 운을 뗐다.

"일단 성(姓)부터 정하자고. 내 생각에 오빠가 신룡처럼 특
별한 존재이니 용(龍)이면 좋겠어."

임월지가 고개를 끄덕이며 동조했다.

"그래, 나쁘지는 않구나. 용 공자로 호칭하면 되겠어."

청년은 자신에게 붙여진 성을 뇌까렸다.

"용이라… 괜찮군. 월영이 성을 만들어 주었으니 이름은
임 소저가 지어주었으면 좋겠소."

"제가 어찌 감히……."

"부탁드리겠소."

"알겠습니다."

임월지는 운하가 흘러내리는 계곡 안쪽의 자욱한 운무를 바라보았다.

"이 강의 이름을 운하라 합니다. 안쪽의 봉우리들도 구름과 연관된 이름이 많습니다. 용 공자께서 운하를 따라 흘러내려 왔으니 이름에 운(雲) 자를 넣고 싶습니다. 그리고 기억하시지 못하는 과거가 꿈과 같으니 몽(夢) 자를 추가하겠습니다."

이름이 정해지자 청년의 입가에 꿈을 꾸는 듯한 나른한 미소가 피어올랐다.

"운몽이라… 용운몽(龍雲夢)……!"

임월영은 눈알을 또르르 굴리다가 손뼉을 쳤다.

"와아, 좋은 데요? 오빠는 어때요?"

청년은 임월지를 향해 정중히 예를 표해 보였다.

"고맙소, 임 소저. 내 목숨을 구해주고 이름까지 지어주었으니 소저 덕분에 내가 다시 태어난 셈이오."

그러자 임월영이 입술을 비죽거리다가 임월지를 가로막았다.

"치이. 오빠를 처음 발견한 사람은 언니가 아니라 나라고요. 더군다나 오빠의 성은 내가 지어주었잖아요?"

청년은 임월영에게도 사례를 표했다.

"고마워, 월영. 너희 자매의 은혜는 절대 잊지 않겠어."

자신의 성과 이름이 지어져서인지 청년의 표정에 활기가 넘쳤고 목소리도 한결 힘찼다.

"용운몽… 이제부터 나는 용운몽으로 살아가겠소."

한데 이때였다.

멧새들이 요란스럽게 지저귀며 모옥 지붕 위를 맴돌았다. 새들의 부산스런 움직임에 임월지의 표정이 심각하게 굳어졌다.

"침입자가 발생했나 봐."

임월영은 손에 쥔 목검을 바싹 거머쥐었다.

"그럼 주변에 설치된 진법이 파훼된 거야?"

"그런 것 같아. 사부님께서 펼쳐 놓은 진법은 여간해서는 파훼되지 않는데 대체 누가……?"

"내가 나가 볼게. 언니는 운몽 오빠와 함께 피해 있어."

"어쩌려고?"

"내가 무공은 언니보다 높잖아? 어지간한 침입자라면 내가 물리칠 수 있어."

이때 용운몽이 지팡이를 짚고 일어섰다.

"같이 가자, 월영."

임월영이 눈을 휘둥그레 떴다.

"그 몸으로 어쩌려고요?"

"침입자가 위험한 자라면 어찌 어린 네게 맡길 수 있겠어?"

“저를 우습게 보지 말아요. 제 무공 실력이 대단해요.”

“그렇다면 네가 패할 일이 없을 테니 오히려 안심해도 되겠구나.”

용운몽이 지팡이를 짚으며 걸음을 옮기자 임월지는 잔잔한 감동에 젖었다.

‘용 공자가 과거에 어떤 사람이었는지 몰라도 대단한 기개를 지녔어. 사람은 기억을 상실했어도 본성은 사라지지 않지. 부상의 몸으로도 위험을 회피하지 않으려 하다니 아마도 대단한 신분이었나 봐.’

임월영이 용운몽에 앞서 걸었고 임월지가 용운몽과 어깨를 나란히 했다.

투투둑!

나무뿌리 사이로 땅이 파이면서 흙더미가 밀려 나왔다. 이어 구덩이 속에서 한 사람이 모습을 드러냈다.

비교적 작은 머리만 내민 채 주변을 두리번거리는 자는 새까만 복장의 청년이었다. 옷만 까만 게 아니라 얼굴빛도 거무튀튀한 데다 생김새가 쥐를 닮아 보기에도 흉물스러웠다.

청년은 특별한 위험이 느껴지지 않자 구덩이를 나왔다. 그는 땅굴을 파기에 적합한 가는 호미를 허리춤에 걸고는 까만 눈알을 굴렸다.

“헷, 약왕의 은신처를 찾아냈으니 귀한 영약을 왕창 훔칠 수 있겠어. 무엇보다 회천속명단을 손에 넣는다면 난 몇 번 죽어도 살아날 수 있지.”

청년은 연신 주변을 살피면서 모옥을 향해 접근했다.

이때 임월영이 내려서며 흑의청년을 막아섰다.

“도둑놈! 감히 여기가 어디라고 침범한 거냐?”

움찔 놀란 청년은 빠르게 상대를 훑어보았다. 그러다 상대가 나이 어린 소녀임을 확인하고는 음침한 웃음을 흘렸다.

“헤헷, 어린 계집이 나선 것을 보니 다행히 약왕이 없는 것 같구나.”

“너 같은 도둑놈은 내가 충분히 혼내줄 수 있다!”

“헤헷, 감히 나 흑면야서를 뭐로 보고.”

청년은 당대 제일의 도둑인 흑천야효의 제자로 역시 유명한 도둑 중 하나다. 이들 사도는 무수한 문파와 무림세가를 제집처럼 드나들며 보물을 훔쳐내 악명이 자자했다.

흑면야서는 임월영 뒤쪽에 서 있는 임월지와 용운몽을 보고도 별반 우려하지 않았다.

‘사내놈은 낯짝이 창백한 게 병자인가 보군. 계집은 약 냄새를 풀풀 풍기는 것으로 봐서 의술이나 익혔을 테고.’

상대가 도둑임을 확신한 임월영은 빠른 속도로 다가서며 목검을 휘둘렀다.

“꺼져라, 도둑놈!”

비록 목검이라 해도 대단한 검법 절기가 담겼기에 흑면야서는 감히 방심하지 못하고 신법을 펼쳐 피했다. 과연 날랜 도둑답게 그의 몸놀림은 그림자가 보이지 않을 만큼 빨랐다.

"어딜!"

임월영은 급히 방향을 틀며 흑면야서를 뒤쫓았다. 등 뒤로 검화가 뿌려지자 흑면야서는 바닥에 납죽 엎드려 이를 피해 냈다.

명예를 중시하는 무사라면 절대 취하지 않을 자세이지만 흑면야서에게 그런 자존심 따위는 없었다.

"헤헷! 넌 끝났다, 어린 계집!"

흑면야서는 검은 구슬을 꺼내 바닥에 내던졌다.

퍼엉……!

검은 연기가 자욱하게 피어오르며 주변 오 장 이내를 뒤덮 었다.

짙은 연막에 휩싸인 임월영은 크게 당황했다. 일류무사 못 지않은 무공을 수련한 그녀였지만 대전 경험이 부족했기에 이런 변수에는 대응이 쉽지 않았다.

흑면야서는 연막 속을 향해 암기를 발출했다.

퍼퍽!

두 다리에 암기가 적중된 임월영은 아픈 신음을 토하며 주 저앉았다.

"월영아!"

임월지는 하얗게 질려 동생에게 달려갔다.

흑면야서가 득의양양하게 키득거렸다.

"헤헤, 필요한 약만 조금 가져가겠다. 내가 그렇게 탐욕스러운 사람은 아니야."

그가 모옥으로 향하려 하자 용운몽이 막아섰다. 지팡이를 짚어야 겨우 운신할 수 있는 그였지만 도적의 횡포를 잠자코 지켜볼 수가 없었다.

"도둑 주제에 어찌 사람까지 상하게 한 거냐?"

흑면야서는 용운몽의 가슴에 둘린 붕대를 보고는 조소를 흘렸다.

"헤헷, 제 몸 하나 가누지 못하는 주제에 어딜 나서? 내가 계집한테는 후하지만 사내놈한테는 아주 박해. 뒈지고 싶지 않으면 비켜라."

용운몽은 천천히 지팡이를 들어 올렸다.

"내 몸이 온전치 못해도 쥐새끼 하나는 잡을 수 있다."

"으으, 쥐새끼!"

흑면야서는 표정이 흉악스럽게 일그러졌다. 그는 타고난 생김새 때문에 어렸을 적부터 쥐로 불렸던 터라 쥐새끼라는 말에는 아주 민감한 그였다.

흑면야서는 허리춤에서 호미를 뽑아 들었다. 주로 땅굴을 파는 데 사용하는 도구였지만 바위를 뚫을 만큼 예리하고 견고했다.

"내가 살인을 즐기진 않지만, 네놈은 용서치 않겠다!"

용운몽이 흑면야서와 맞서자 임월영이 외쳤다.

"난 괜찮으니 어서 오빠를 도와줘!"

"네 요혈에 박힌 암기부터 뽑아야 해. 자칫하면 다리 불구가 될 수 있어."

"난 괜찮다니까!"

"알았어."

동생의 재촉에 임월지는 치료를 중단하고 일어섰다.

한데 심기가 단단히 틀어진 흑면야서의 공격이 맹렬하게 전개되었다.

"뒈져!"

가늘고 뾰족한 호미가 바람을 가르며 용운몽의 미간을 향해 파고들었다.

용운몽은 대장부의 도리로 흑면야서와 맞섰지만, 막상 살초를 접하게 되자 당혹감을 금치 못했다. 지팡이를 짚어서야 겨우 보행할 수 있는 그의 몸으로 무엇을 할 수 있겠는가.

"아아……!"

임월지 자매는 차마 볼 수가 없어 고개를 돌렸다.

이 순간 용운몽의 뇌리 속으로 한 줄기 시문 같은 구결이 선명하게 피어올랐다. 잠시 망아지경에 빠져든 그는 전신 가득 충만한 기운을 느꼈다.

"창공을 나는 봉황은 천계에 이르고, 어둠을 맴도는 올빼미는 명계를 여는구나!"

순간 그의 손에 쥐어진 지팡이가 화려한 변화를 일으키며 흑면야서를 강타했다.

"악!"

아픈 비명과 함께 나자빠진 흑면야서는 자신의 몸을 살펴보았다. 옷 여러 곳이 찢겼지만, 상처는 깊지 않았다. 상대가 진검을 지니지 않은 것이 천만다행이었다.

흑면야서는 자신이 어떤 수법에 당했는지조차 기억나지 않았다. 아니, 그것은 중요치 않았다. 강한 상대를 만나면 무조건 도주하는 것이 그의 생리이자 습성이었다.

"쌍, 어디 두고 보자!"

흑면야서는 바닥을 구르며 은신술을 펼쳤다. 이어 그는 자신이 파놓은 땅굴 속으로 뛰어들었다.

밍아지경 속에서 초식을 전개한 용운몽은 비로소 정신을 차렸다. 온전치 않은 몸으로 무리하게 지팡이를 휘두르면서 상처 부위가 터졌는지 붕대가 붉게 물들었다.

"으음……!"

용운몽은 심한 현기증을 느끼며 주저앉았다.

"용 공자!"

급히 달려온 임월지가 용운몽을 부축해 안았다. 용운몽의 안색이 창백했다. 그는 임월지의 어깨에 머리를 기대며 정신을 잃고 말았다.

다리를 절며 다가선 임월지가 놀란 토끼 눈을 했다.

"언니, 이게 어떻게 된 거야? 방금 운몽 오빠가 어떻게 도둑놈을 물리친 거지?"

"그러게. 무슨 시문을 읊은 것 같은데……."

"운몽 오빠가 무림인이 아니라고 했잖아?"

"사실이야. 사부님께서도 그렇게 진맥하셨고 내가 진맥해도 마찬가지였어. 단전이 형성돼 있지 않았다고."

"그런 오빠가 어떻게 조금 전과 같은 상승절기를 펼친 거야?"

임월지는 혼절한 용운몽을 바라보며 나직이 뇌까렸다.

"모르겠어. 용 공자는… 모든 것이 신비로워."

3

칠흑 같은 어둠.

절대적인 어둠 속에서 헤매던 청년은 희뿌연 빛을 찾아 달려갔다. 한데 그가 희뿌연 빛에 접근하는 순간 빛줄기는 악령처럼 끔찍한 형상으로 변했다. 이어 악령의 손에서 번갯불 같은 섬광이 발출되면서 청년의 가슴을 강타했다.

"허억……!"

악몽 속에서 깨어나 일어나 앉은 용운몽은 가쁜 숨을 몰아쉬었다.

그는 본능적으로 가슴 부위를 만져보았다. 가슴에 두른 붕

대를 통해 약간의 통증이 느껴졌을 뿐 이전보다는 훨씬 회복
되었다.

문득 코를 찌르는 술 냄새가 그를 자극했다.

"쯧쯧, 젊은 녀석이 한심하게 악몽이나 꾸면서 식은땀을
흘린단 말이냐?"

다소 거친 음색이었지만 악의가 담겨 있지는 않았다.

"……?"

용운몽은 흠칫 놀라 고개를 돌려 보았다.

창가 탁자에 앉아 있는 노인이 침술용 바늘을 닦아 침통에
넣는 중이었다. 공처럼 퉁퉁한 체구의 노인으로 머리는 반쯤
벗겨졌으며 코끝이 다소 붉었다.

노인은 호리병을 술을 한 모금 마시고는 용운몽을 향해 돌
아앉았다.

"이제 살 만하냐?"

용운몽은 잠시 그를 바라보다가 공손한 어조로 물었다.

"혹시 약왕이십니까?"

"헐, 내가 누구인지 짐작하는 것을 보니 아주 멍청한 녀석
은 아닌가 보구나."

노인은 수염에 묻은 술을 털어내며 히죽 웃었다.

불취약왕(不醉藥王).

그가 바로 절대사천왕의 일원이자 임월지 자매의 사부인
불취약왕이었다. 그는 무공과 기문둔갑에도 두루 능했지만,

의술과 약초학에 특히 조예가 깊어 약왕으로 존경을 받는다.

또한, 그는 술 한 병이면 귀한 약도 선뜻 내줄 만큼 대단한 애주가로 하루 대부분을 술에 취해 산다. 하지만 누구도 그가 진짜로 술에 취한 모습을 보지 못했기에 불취라는 명호가 더해져 불취약왕으로 불리게 되었다.

침상에서 내려선 용운몽은 정중히 예를 표했다.

"목숨을 구해주신 은혜에 깊이 감사드립니다."

"거동은 괜찮은 거냐?"

"한결 좋아진 것 같습니다."

불취약왕은 당연하다는 듯 고개를 끄덕였다.

"암, 당연히 그래야지. 노부의 침술을 받고 온전치 못하다면 오히려 그것이 잘못된 거다."

대단한 자부심과 오만이었지만 용운몽은 전혀 반감을 느끼지 못했다.

그가 비록 과거를 기억하지 못해도 사리판단은 분명했다. 가슴에 검이 꽂힌 채 추락한 자신을 회생시킨 의술이라면 가히 신의라 해도 부족함이 없다고 판단한 것이다.

불취약왕은 의자에서 일어섰다.

"나가자. 사내놈과 좁은 방에서 함께 있는 것은 영 불편해."

두 사람은 마당으로 나섰다.

해가 서산에 걸려 있었고 임월지 자매는 주방에서 저녁을 준비하고 있었다.

불취약왕과 용운몽은 마당 한쪽에 놓여 있는 탁자를 사이에 두고 마주 앉았다.

"월지의 말을 들으니 과거를 전혀 기억하지 못한다고 하던데 사실이냐?"

"그렇습니다."

"네 뇌호혈 부상이 심해 솔직히 실어증까지 있을까 우려했다. 다행히 기억을 상실한 것 외에는 정신이 온전한 것을 보니 내 처방이 잘못되지는 않은 것 같구나."

"약왕 덕분에 목숨을 구함받았지만 제 자신이 누구인지 몰라 조금은 답답합니다."

"당연히 그렇겠지. 하지만 네 정신은 온전하니 언젠가는 기억을 되찾게 될 거다. 그때가 언제인지는 노부도 장담할 수 없지만 말이야."

탁자 옆으로 다가선 임월영이 따지듯이 소리쳤다.

"사부님, 그런 무책임한 말이 어디 있어요? 사부님은 세상에 못 고치는 병이 없다는 약왕이시잖아요? 어서 운몽 오빠의 기억을 되살려주세요."

"욘석아, 기억상실은 병이 아니라 운명이다. 병이 아닌 것을 왜 노부가 책임져야 한단 말이냐?"

병이 아닌 운명.

그 말이 용운명의 가슴을 천근추처럼 억눌렀다.

‘어쩌면… 평생 나 자신이 누구인지 모른 체 살아가야 할지도 모르겠구나.’

불취약왕은 임월영이 내려놓은 버섯튀김을 우물거리다가 인상을 찡그렸다.

“왜 이렇게 싱거운 거냐? 간이 전혀 되지 않았잖아?”

그러자 임월지가 음식 몇 가지를 탁자에 내려놓으며 해명했다.

“용 공자께서 처음 접하는 음식이라 간을 약하게 했습니다. 양해해 주세요.”

불취약왕은 술을 한 모금 마시고는 입맛을 다셨다.

“쩝, 역시 계집애들이라 어쩔 수 없군. 제 사부의 입맛보다는 사내 녀석의 몸을 더 생각하니 말이야.”

은근한 질책에 임월지가 눈가를 붉혔다.

“송구합니다, 사부님. 음식을 새로 가져오겠습니다.”

“됐다. 싱겁게 먹는 게 건강에도 좋으니 그냥 먹자.”

불취약왕의 변덕에 임월영이 자리에 앉으며 입술을 비죽거렸다.

“치이, 어차피 드실 거면서.”

“용석아, 그만 주둥이 나불대고 먹기나 해.”

세 사람이 식사를 하는 동안 불취약왕은 술만 마셨다. 안주 삼아 버섯튀김을 한 조각 먹는 것이 전부였다.

임월영은 용운몽과의 식사가 즐거운지 시종 미소를 잃지

않았다.

"사부님, 운몽 오빠 덕분에 도둑놈을 물리칠 수 있었어요. 아마 오빠가 엄청난 고수였나 봐요. 그치, 언니?"

"그래, 용 공자가 몸이 성치 않았는데 어떻게 그런 절기를 구사했는지 정말 모르겠어."

두 제자가 용운몽을 칭찬했지만 불취약왕은 엉뚱한 소리를 해댔다.

"쥐새끼 한 마리 쫓은 게 무슨 대단한 일이라고. 하여간 얼른 먹고 짐 쌀 준비나 해."

임월영이 놀란 토끼 눈을 하며 물었다.

"예에? 그게 무슨 말씀이세요?"

"도둑놈들이 이곳 약선곡을 찾아냈으니 또다시 침투하려 할 거다. 흑면야서 같은 쥐새끼이야 문제 될 게 없시반, 그 쥐새끼의 스승 되는 흑천야효란 놈이 찾아오면 정말 골치 아파. 그 늙은 올빼미의 도둑질은 당대 제일이라 눈을 뻔히 뜨고도 당할 수밖에 없지."

"어떤 도둑이든 제가 가만 두지 않겠어요."

"쯧쯧, 쥐새끼 하나 감당하지 못한 주제에."

"그건 실수……."

"인석아, 도둑놈은 물건뿐 아니라 사람의 목숨도 훔칠 수 있어. 강호에 나가면 실수 따위는 용납되지 않으니 정신 바짝 차려야 해."

임월지가 신중한 표정으로 물었다.

"사부님, 정말 거처를 옮기려 하세요?"

"사실 쥐새끼 때문만은 아니야. 너희가 이제 충분히 성장했으니 단협맹으로 보내주려는 거다."

"와아!"

임월영이 뛸 듯이 기뻐했다. 그녀는 불취약왕의 한쪽 팔을 감싸 쥐며 애교를 부렸다.

"고마워요, 사부님. 반드시 대마황성 악도들을 섬멸해 복수하겠어요."

그러다 용운몽을 힐끗 보고는 표정이 시무룩해졌다.

"좋기는 한데… 운몽 오빠와는 헤어져야 하네?"

"당연하지. 단협맹이 무슨 오갈 데 없는 사람을 받아주는 요양원인지 아냐?"

불취약왕은 술을 한 모금 마시고는 자리에서 일어섰다.

"당분간 단협맹에 전해줄 요상약을 제조해야 하니 방해하지 마. 한 사흘쯤 걸릴 게다."

임월지가 따라 일어서며 아쉬운 듯 말했다.

"사흘은 너무 빠릅니다. 당분간 사부님의 수발을 들 수 있도록 배려해 주세요."

"인석들 보게? 단협맹에 보내달라고 징징댈 때는 언제고 이제 와서 늦춰달라는 거냐?"

불취약왕은 용운몽을 힐끗 보고는 놀려댔다.

“월지야, 설마 너도 철딱서니 없는 월영처럼 저 미끈한 녀석한테 반한 거냐?”

임월지가 정색하며 말했다.

“다, 당치 않아요, 사부님. 소녀는 그저 며칠이라도 더 사부님을 모시려……”

“그럼 됐다. 사실 단협맹의 상황이 썩 좋지 않아. 얼마 전 단협맹의 호북 지부가 대마황성의 기습을 받아 상당한 타격을 입었다고 하더구나. 천외도왕이 지원을 요청해 왔다만 의원인 내가 어찌 정사의 대결에 관여할 수 있겠냐? 그래서 대신 너희를 보내는 하는 거다.”

천외도왕은 불취약왕과 같은 절대사천왕의 일원으로 현 단협맹의 맹주이다.

“내가 너희 때문에 악선곡에 처박혀 산 지도 오래됐어. 니희가 떠나야 나도 마음껏 세상을 주유할 수 있으니 하루라도 속히 떠나 주는 게 사부를 위하는 길이다.”

불취약왕이 약고로 들어가자 임월지는 가슴이 아렸다.

제자들을 서둘러 떠나보내려는 사부의 속마음이 말과는 다르다는 것을 누구보다 잘 알고 있기 때문이다.

‘사부님 역시 우리를 떠나보내는 것이 아쉬워 서둘러 정을 끊으려 하시는 거야.’

부우… 부우……!

밤새들의 울음소리가 고즈넉하게 들려온다.

마당의 탁자에는 유등이 밝혀졌고 용운몽은 임월지 자매와 둘러앉아 차를 마시고 있었다. 며칠 뒤면 헤어져야 할 상황이다 보니 서로의 심정이 서먹해졌다.

임월영은 진한 아쉬움을 드러냈다.

"가능하면 오빠와 함께 가고 싶은데… 그러지 못하는 것이 정말 안타까워요."

"내가 쓸모가 없는 사람인 것 같아 오히려 미안해."

"그런 소리 말아요. 오빠는 누구보다 특별한 사람이고 신비한 능력을 지녔어요. 물론 오빠가 내공을 전혀 수련하지 않은 몸이라지만 그래서 더 이해가 안 돼요. 오빠가 쥐새끼 도둑을 물리친 수법은 분명 상승무학이었어요."

"내가 도검에 대해 조금 배웠었나 보지 뭐."

용운몽은 임월지에게 시선을 돌렸다.

"내가 세상에 대해 아는 것이 없어 임 소저와 월영이 왜 단협맹이라는 곳에 가려 하는지 모르겠구려. 단협맹은 대체 뭐 하는 곳이오?"

"단협맹은 대마황성과 맞서는 비밀 결사단체입니다."

"대마황성?"

"현 무림은 마도들이 득세하는 암흑 세상입니다. 수십 년 전부터 세력을 키워온 대마황성이 무림을 지배하면서 정파는 어둠 속에 묻히게 되었지요."

임월지는 나직한 한숨을 토하며 현 강호정세에 대해 간략하게 말해 주었다.

대마황성(大魔皇城).

암암리에 세력을 확장해 오던 마도 집단 대마황성은 십여 년 전 백도연합을 격파해 사상 최초로 마도천하를 수립했다.

이후 전통의 구파일방을 비롯한 오대세가와 일흔두 개의 문파는 대마황성의 지배를 받게 되었다. 백도의 종주들은 자파의 현판을 유지하기 위해 대마황성을 절대자로 인정하는 굴욕적인 항복 문서에 서명할 수밖에 없었다.

이런 대마황성에 대항하기 위해 결성된 비밀 결사 세력이 바로 단협맹(丹俠盟)이다.

단협맹은 백도 문파와 무림세가가 연맹해 천하 열 개 성에 지부와 분단을 두고 있지만 대마황성의 마력이 워낙 강력하다 보니 아직 대마황성과의 정면 승부를 미루고 있었다.

하지만 국지적인 전투에서 대마황성과 맞서는 단협맹 덕분에 백도인들은 광명의 희망을 품을 수 있었다.

밤이 깊으면 새벽이 가깝다는 것이 세상의 이치.

천하의 기인들과 협사들이 의기를 품고 속속 단협맹에 가입하면서 마도 척결의 불꽃이 확산되는 중이었다.

임월영이 한 서린 눈빛을 발하며 말을 이었다.

"저와 언니가 단협맹에 가입하려 하는 것은 단지 의기 때문이 아니에요. 저와 언니는 임가보 출신이었어요. 대단한 무림세가는 아니었지만 운평의 명문이었는데 대마황성의 침공을 받아 하루 사이에 잿더미가 되었지요. 당시 어린 저를 언니가 안고 탈출하면서 우리 둘만 살아남은 거죠. 저희는 대마황성 악도들에게 쫓기던 중에 사부님을 만나 이곳 약선곡에서 지내게 되었어요. 이후 저희는 사부님한테 무공과 학문을 배우면서 줄곧 단협맹에 입맹시켜 달라고 말씀드렸던 거였어요."

용운몽은 두 자매의 아픈 사연에 절로 의분이 느껴졌다.

"그런 사연이 있었구나. 내게 힘이 있다면 너와 임 소저를 위해서라도 대마황성 악도들을 처단하고 싶어."

"오빠가 어서 기억을 되찾았으면 좋겠어요. 오빠가 함께한다면 정말 힘이 날 텐데."

용운몽은 밝은 미소를 띠었다.

"그래, 나도 심경이 정리되면 어떤 일이라도 하지 않겠니? 대마황성과 맞설 수도 있을 거야."

第六章
백도의 별 창천신룡

다각다각!

두 대의 표물마차를 호송하는 표사들의 움직임이 부산했다. 선두의 표사들은 행여 있을 기습에 대비해 연신 눈알을 굴리며 주변을 경계했다.

표사 일행은 무성한 수림 사이로 난 좁은 길로 들어섰다. 지형적으로 위험한 곳이기에 표사들은 더욱 박차를 가해 말을 몰았다. 조금이라도 빨리 수림을 벗어나기 위함이었다.

한데 이때였다.

쐐애액!

수목의 무성한 나뭇가지 속에서 한 줄기 붉은빛이 번득였다. 날아든 채찍은 표사의 목을 휘감았고 그 바람에 표사는 대번에 수급이 떨어져 나갔다.

동료가 갑작스럽게 횡사하자 표사들은 일제히 말과 마차를 멈춰 세우며 둥그렇게 포진했다.

"기습에 대비하라!"

말안장과 마부석에서 내려선 표사들은 각자 병기를 뽑아 들고는 흉수의 흔적을 찾기 위해 주변을 꼼꼼하게 살폈다.

그 순간 차가운 웃음소리와 함께 나무기둥 뒤에서 채찍이 뻗어 나왔다. 워낙 빠른 공격이었기에 경계를 하고 있었지만, 미처 막아내지 못했다.

퍼억!

채찍에 휘감긴 표사는 대번에 목이 잘리면서 수급이 솟아올랐다.

"저기다!"

"공격!"

표사들 넷은 채찍이 뻗어 나온 나무 뒤편을 향해 뒤늦은 공격을 전개했다. 주변의 나무 몇 그루가 잘리면서 비로소 기습을 가한 흉수의 모습이 드러났다.

"호홋! 역시 내가 입수한 정보가 틀리지 않았어."

채찍을 휘둘러 표사들의 병기를 쳐든 흉수는 건장한 체구의 여인이었다. 눈매가 다소 사나운 여인은 등에 커다란 배낭을 메고 있었다.

표사들은 여인을 에워쌌다.

"잔악한 계집!"

하지만 정작 포위를 당한 여인은 조금도 위축된 모습을 보이지 않았다.

"너희 단협맹의 졸개 맞지? 대마황성의 추적이 두려워 표사로 위장했지만 내 눈은 속일 수 없어."

크게 놀란 표사들은 서로 바라보았다.

여인은 채찍을 감아쥐며 자신의 추정을 확신했다.

"네놈들의 놀란 낯짝을 보니 맞구나. 하기는 비싼 돈을 주고 얻은 정보이니 틀리면 안 되지."

그러자 표두 복장의 중년인이 물었다.

"네년은 누구냐?"

"훗, 섭섭하군. 단협맹 졸개들을 숱하게 사냥한 나를 몰라보니 말이야."

여인을 훑어본 표두는 비로소 상대의 신분을 파악하고는 심각하게 굳어졌다.

"추금귀화(追金鬼花)?"

여인은 도도한 미소를 띠며 턱을 치켜들었다.

"호호, 단협맹 조무래기들이지만 대가리 하나마다 은자 서른 냥을 받을 수 있겠군."

추금귀화는 강호에서 악명 높은 인간 사냥꾼 중 하나였다. 대마황성은 단협맹의 근간을 와해시키기 위해 수만금을 풀어 현상수배를 내걸었다.

이에 흑도의 무리는 물론이고 정사지간의 낭인들까지 단협맹 소속 무사들의 추적에 나서게 되었다. 가장 하급 무사의 수급만 가져가도 은자 서른 냥을 지급받을 수 있으니, 삼류 현상금 추적자들에게도 매력적인 사냥이 아닐 수 없었다.

추금귀화는 이런 현상금 추적자들 중에서도 일류급이기에 그동안 수십 명의 단협맹 무사들을 사냥했다. 그런 만큼 단협맹 무사들에게 있어 불구대천의 원수가 아닐 수 없었다.

이들 표사들은 추금귀화가 파악한 대로 단협맹 하남지부 소속이었다. 이들은 표사로 위장해 지부에 쓰일 물자를 구매해 귀환하던 중 기습을 받게 된 것이었다.

향주 성곤과 무사들은 추금귀화의 높은 무공에 대해 익히 들었지만, 의분을 주체할 수 없었다.

"잘 만났다, 악녀!"

"동료의 복수다!"

추금귀화는 채찍을 팽팽하게 잡아당겼다.

"호홋, 당연히 그렇게 나와야지. 만일 도주하려 한다면 내가 얼마나 섭섭하겠어?"

무사들이 일제히 공격을 펼쳐오자 추금귀화는 빙글 회전하면서 솟아올랐다.

"차앗!"

뱀처럼 뻗어오는 채찍에 또 한 명의 무사가 목이 잘리는 참
살을 당하고 말았다.

추금귀화는 능숙하게 채찍을 놀려 수급을 자신의 배낭 속
으로 집어넣었다.

무사들을 쓸어보는 그녀의 눈이 탐욕으로 가득했다.

“어느 놈이 가장 비싼 대가리를 지녔느냐?”

허공으로 뛰어오른 향주 성곤이 혼신의 힘을 다해 칼을 내
리쳤다.

“죽어라, 악녀!”

추금귀화는 슬쩍 피하면서 채찍을 휘둘렀다.

퍼엉……!

일진 폭음이 터지며 성곤이 나동그라졌다. 강력한 충격에
손아귀가 터져 검신을 타고 피가 줄줄 흘러내렸다.

추금귀화는 성곤의 목을 겨눠 채찍을 휘둘렀다. 교룡의 힘
줄을 꼬아 만든 채찍이기에 한번 휘감기면 아름드리나무도
댕강 잘리고 만다.

한데 이때였다.

번—쩍!

허공 저편에서 푸른 광선이 날아들며 채찍을 차단했다.

퍼억!

둔탁한 폭음과 함께 기세등등했던 추금귀화가 신음을 토
하며 비틀거렸다.

“흐으윽!”

그녀가 자부하던 교룡편의 끝 부분이 뭉텅 잘려 나갔다.

“이럴 수가……?”

덕분에 단협맹의 무사들은 성곤을 구출해 뒤로 물러설 수 있었다.

푸른 장삼의 청년이 장내로 내려섰다.

청년의 체구는 당당했으며 짙은 눈썹과 부리부리한 호안이 인상적이었다. 등에 한 자루 고검을 차고 있는데 고색창연한 검집에서 유구함이 느껴졌다.

청년의 출현에 단협맹 무사들은 지옥에서 부처를 만난 듯 감격해했다.

“오, 소맹주이시다!”

성곤은 무사들을 대동해 청년에게 예를 올렸다.

“소맹주를 뵈옵니다.”

청년은 가볍게 고개를 끄덕였다.

“어디 소속이오?”

“저는 하남지부 소속의 향주 성곤이라 합니다.”

“성 향주였군. 한데 어쩌자고 대마황성 악도들이 횡행하는 곳에서 싸움을 벌인 것이오?”

“저희는 표사로 위장해 물자를 구매하러 나섰다가 저 잔악한 인간 사냥꾼 추금귀화를 만나게 된 것입니다. 벌써 동료 세 명이 목숨을 잃었습니다.”

"악녀는 내가 맡을 테니 어서 무사들의 시신을 수습하시오."

"예, 소맹주."

무사들은 죽은 동료들의 시신을 수습해 한쪽으로 물러섰다.

청년의 등장에 추금귀화의 기세가 다소 수그러들었다.

"소맹주라면… 네가 창천신룡이겠구나?"

그러했다. 청년은 바로 창천신룡(蒼天神龍) 강무휘(姜武輝)였다.

그는 단협맹의 소맹주 신분이며 전대의 전설적 고수인 사해검왕(四海劍王)의 제자이다. 그는 출도 이래 단신으로 대마황성의 분소를 다섯 곳이나 격파하는 혁혁한 공적을 세워 백도의 신성으로 추앙을 받았다.

상부휘는 성광 어린 눈빛으로 추금귀화를 식시했다.

"추금귀화, 이제야 너처럼 잔혹한 악녀를 제거할 수 있게 되었구나!"

"흥, 네 머리에는 황금이 걸렸다고 하던데 마침 잘 만났다."

"내게 걸린 황금이 탐난다면 어서 가져가 봐."

"오냐!"

추금귀화는 빙글 회전하며 채찍을 수평으로 휘둘렀다.

교룡편 끝이 일부 잘려 나갔지만 본래 이 장 길이에 달했던 터라 오 척 정도 잘렸다 해도 병기로써 손색이 없었다.

채찍이 목으로 파고들자 강무휘는 고검을 뽑아 내려쳤다.
검극에서 빛살 같은 검기가 뿜어지자 채찍은 대번에 동강 났
다. 두 번에 걸쳐 잘리면서 교룡편은 더 이상 채찍의 형상이
아니었다.

추금귀화는 억지로 호기를 부렸지만, 도저히 강무휘의 상
대가 될 수 없음을 절감했다.

'개죽음을 당할 수는 없지.'

추금귀화는 토막 난 채찍을 내던지고는 급히 수림 사이로
뛰어들었다.

"어딜!"

강무휘는 추금귀화를 향해 검극을 겨누었다.

번—쩍!

빛살 같은 검기가 십 장 밖까지 이어졌다.

"아아악!"

옆구리를 관통당한 추금귀화는 처절한 비명을 내지르며
나뒹굴었다. 피가 철철 흐르는 옆구리를 감싸 쥔 추금귀화는
나무기둥에 기대앉았다.

강무휘가 옆으로 내려서자 추금귀화는 원독 어린 눈빛으
로 쏘아보았다.

"이놈, 죽어서도 이 원한을 잊지 않겠다!"

"너의 원귀 따위는 두렵지 않다."

단호하게 응수한 강무휘는 추금귀화의 목을 향해 검기를

날렸다.

한데 허공 저편에서 천둥 같은 호통과 함께 쇠사슬이 날아들었다.

"멈춰라!"

촤르륵!

날아든 쇠사슬은 검기를 파훼하고는 급격한 호선을 그리며 강무휘를 휘감았다.

"엇?"

흠칫 놀란 강무휘가 검으로 쇠사슬을 후려쳤다.

차앙……!

강무휘는 검을 통해 전해지는 강력한 반탄력에 기혈이 들끓어 올랐다. 출도 이래 그가 이렇듯 충격을 받기도 처음이었다.

'이럴 수가! 내가 밀리다니?'

쇠사슬이 감기면서 거구의 노인이 장내로 날아들었다. 거구의 노인이 내려서자 지반이 요동쳤다.

추금귀화를 막아선 노인이 엄한 표정으로 외쳤다.

"노부가 보는 앞에서 누구도 계집을 죽일 수 없다!"

강무휘는 노인의 전신에서 뿜어지는 산악 같은 신위에 절로 위축감에 젖었다. 그러다 노인의 전신에 감겨 있는 쇠사슬을 보고는 탄성을 토했다.

"아… 천투패왕!"

강무휘는 검을 꽂고는 정중히 예를 올렸다.

"말학 강무휘가 패왕 선배님을 뵈옵니다."

거구 노인은 종이 깨지는 듯한 웃음을 터뜨렸다.

"카하핫! 노부를 대번에 알아보다니 어린 녀석이 제법이구나!"

그러했다. 쇠사슬을 두른 거구의 노인은 바로 천투패왕이었다. 일전에 냉소빈을 구했듯이 여인의 죽음을 좌시하지 않는 것이 그의 원칙이었다.

천투패왕은 손을 내저었다.

"노부의 원칙을 잘 알 터이니 너희는 어서 돌아가라."

그러자 단협맹 무사들이 강하게 반발했다.

"패왕 노선배님, 저 계집은 잔인한 악녀입니다!"

"본맹의 무수한 동료들이 악녀에게 목이 잘렸습니다!"

천투패왕은 추금귀화를 돌아보았다.

"너는 어떤 계집이냐?"

추금귀화는 한껏 불쌍한 표정을 지어 보였다.

"패왕 선배님, 저는 한갓 현상금 추적자일 뿐입니다. 한데 명색이 정파란 단협맹 놈들이 합공을 펼쳐 저를 이렇게……."

"닥쳐라! 네년이 사악한 계집임을 한눈에도 알겠다!"

"패왕 선배님, 제발 계집의 죽음을 묵과하지 않는다는 원칙을 지켜주십시오."

추금귀화가 애걸하자 천투패왕은 강무휘에게 시선을 돌렸다.

"강무휘라 했더냐? 계집이라면 선악과 노소를 불문하고 노부 앞에서 죽일 수 없다는 원칙은 지켜져야 한다. 만일 계집을 죽이려 한다면 누구든 노부와 싸워야 하지. 이것이 노부의 원칙이다."

천투패왕은 몸에 두른 쇠사슬을 움켜쥐었다.

"자, 싸우겠느냐 아니면 물러가겠느냐?"

강무휘는 난감한 표정으로 고민에 빠졌다.

'추금귀화는 반드시 죽여야 할 악녀다. 하지만 천투패왕과 어떻게 맞설 수 있단 말인가?'

무공의 고하를 떠나서 천투패왕은 무림의 대선배이다. 게다가 그의 사부인 사해검왕과도 막역한 사이라 늘었기에 천투패왕에게 검을 들이댄다는 것은 크나큰 불경이었다.

무사들은 악녀를 눈앞에 두고도 죽이지 못하는 현실에 격분을 토했다.

"분하다. 저 악녀를 죽이지 못하다니!"

"무슨 낯으로 죽은 동료들의 원혼을 달랜단 말인가?"

천투패왕 덕분에 뜻하지 않게 목숨을 구하게 된 추금귀화는 내심 안도했다.

'후우, 패왕의 고집스런 원칙 때문에 내가 살았어.'

강무휘는 잠시 고민하다가 결연한 어조로 말했다.

“결정했습니다.”

천투패왕은 강무휘가 감히 자신과 겨루겠다는 생각은 하지 못할 것으로 지레짐작했다.

“그래, 잘 생각했다. 이만 물러들 가라.”

한데 강무휘가 정중히 포권을 취하며 대결을 청했다.

“소생은 감히 선배님께 가르침을 청합니다.”

“뭐야?”

천투패왕은 황당한 표정으로 머리를 긁적거렸다.

천투패왕 뒤에 숨어 있던 추금귀화는 강무휘가 도전을 청하자 속으로 쾌재를 불렀다.

‘미친 새끼! 감히 천투패왕과 싸우겠다고? 아예 피박살이 나라!’

천투패왕은 호쾌한 웃음을 터뜨렸다.

“카하핫! 네 기백이 대단하구나. 좋다. 네가 노부의 삼 초를 받아낸다면 이 계집을 죽일 자격을 주겠다.”

말이 끝나기 무섭게 쇠사슬이 뻗어 나왔다.

츄리릭!

강무휘는 빙글 회전하며 고검을 뽑아 내리쳤다. 검극에서 뿜어진 검기가 급격한 호선을 그리며 쇠사슬과 충돌했다.

천투패왕은 눈을 휘둥그레 떴다.

“호오, 창천검기(蒼天劍氣)를 전개하는 것을 보니 네가 사해검왕의 제자인가 보구나?”

"그렇습니다, 패왕 선배님."

"오냐, 검왕의 제자라면 능히 노부와 겨룰 자격이 있지. 하지만 양보는 없다."

츄리릭!

쇠사슬은 빠른 속도로 풀리면서 강무휘를 향해 날아들었다. 현란한 변화가 없는 단순한 공격이지만 엄청난 공력이 담겨 있기에 마치 거대한 철 기둥이 내리꽂히는 듯 기세가 무시무시했다.

강무휘는 재차 검기를 발휘해 쇠사슬과 맞섰다.

창천검기는 심후한 내공을 기반으로 펼쳐내는 사해검왕의 독특한 검법이다.

차차창!

쇠사슬과 충돌한 강무휘의 검이 패도석인 힘을 삼낭하지 못하고 높이 튕겨져 올랐다.

천투패왕은 쇠사슬을 쥐고 힘차게 휘둘렀다.

"마지막 삼 초다!"

진기를 발출해 검을 끌어들인 강무휘는 검극에 혼신의 공력을 집중했다.

'이 한 초만 막으면 된다!'

검극을 통해 그물망 같은 강기가 뿜어졌다. 초상승 검법 절기인 검강!

이를 본 추금귀화는 몸을 부르르 떨었다.

'어린놈이 검강까지?'

그녀는 자신이 강무휘의 적수가 되지 못했음을 인정할 수밖에 없었다.

"차앗!"

강무휘는 산악을 무너뜨릴 기세로 날아드는 쇠사슬을 향해 검을 내리쳤다.

콰아앙!

엄청난 폭음과 함께 강무휘가 뒤로 퉁겨졌다.

"우욱……!"

피를 토한 강무휘는 충격을 이기지 못하고 한쪽 무릎을 꿇었다. 그로서는 사력을 다했지만 천투패왕과 맞서기에는 역부족이었던 것이다.

단협맹 무사들이 강무휘 주변으로 다가섰다.

"소맹주! 괜찮으십니까?"

쇠사슬을 회수한 천투패왕이 혀를 찼다.

"쯧쯧, 어쩌자고 노부와 공력 대결을 펼친 거냐?"

검을 꽂은 강무휘가 고개를 떨구었다.

"소생의 패배를 인정합니다. 하지만 추금귀화는 반드시 죽여야 할 악녀이니 부디 재고해 주십시오."

천투패왕은 잠시 강무휘를 주시하다가 침중한 어조로 말을 받았다.

"강무휘, 네가 의로운 녀석임을 안다. 또한, 노부의 오랜

친구인 검왕의 제자이기에 네 청을 들어주고 싶구나. 하지만 노부의 원칙은 지켜야만 해. 애석하게도 네가 노부의 삼 초를 받아내지 못했으니 이 계집을 죽일 자격이 없다.”

천투패왕은 추금귀화를 돌아보았다.

“가라, 계집아! 두 번은 너를 살리지 않을 것이다!”

추금귀화는 정중히 예를 표했다.

“은혜에 감사드립니다, 패왕 선배님!”

그녀는 분노의 눈빛으로 자신을 쏘아보는 무사들을 쓸어보며 차가운 웃음을 흘렸다.

“호홋, 다음에는 네놈들이 죽게 될 것이다!”

무사들은 분통함에 이를 갈았지만 천투패왕이 지켜보고 있는 상황이라 추금귀화를 놓아줄 수밖에 없었다.

“그으, 서 악녀를 이대로 보내야 한나니!”

한데 누군가 추금귀화 앞을 막아섰다.

등에 검을 멘 죽립인이었다. 다소 호리호리한 체구였지만 전신에서 뿜어지는 기도가 칼날처럼 예리했다.

추금귀화는 왠지 모를 불안감에 젖어 한 걸음 물러섰다.

“웨… 웬 놈이냐?”

죽립인은 슬쩍 죽립을 치켜 올렸다. 한이 서린 눈빛이 지극히 차가웠다.

“죽어 마땅한 악녀라면 죽어야 한다!”

이를 본 천투패왕이 죽립인을 향해 호통쳤다.

“네 이놈! 그 계집을 죽이면 네가 죽는다!”

하지만 죽립인은 천투패왕의 경고에도 아랑곳없이 검을 뽑아 들었다.

추금귀화가 급히 뒤로 물러서며 구원을 청했다.

“사, 살려주십시오, 패왕 선배님!”

순간 빠르게 달려든 죽립인이 검을 휘둘렀다.

퍼억!

추금귀화의 수급이 대번에 허공으로 치솟아올랐다.

사악한 마녀가 참살을 당하자 강무휘를 비롯한 단협맹 무사들은 통쾌함에 젖어 환성을 토했다.

“추금귀화가 죽었다!”

“아, 이제야 분이 조금 풀리는군.”

반면 천투패왕의 표정이 심각하게 일그러졌다. 천하를 호령하는 그의 위엄이 무시되었느니 참을 수 없는 모욕이었다.

“이놈!”

천투패왕은 죽립인을 향해 쇠사슬을 날렸다.

츄리릭!

쇠사슬이 날아들자 죽립인은 급히 죽립을 벗어 던졌다.

“접니다, 패왕 선배님!”

죽립인은 뜻밖에도 여인이었다. 게다가 천투패왕과도 면식이 있는 사이였다.

천투패왕은 크게 놀라 쇠사슬을 잡아당겼다.

"엇, 너는……?"

쇠사슬은 죽립을 쓴 여인의 몸을 스치듯 뻗어 나갔다가 다시 천투패왕의 몸에 감겼다.

죽립을 쓴 여인은 천투패왕을 향해 예를 올렸다.

"소녀가 악녀를 죽였지만, 소녀 또한 계집이니 죽이지 않으시겠지요?"

단정한 용모의 여인은 다름 아닌 황태자의 호위장인 냉소빈이었다. 그녀는 황태자가 피살되었다는 소식에 좌절해 자결까지 작심했지만, 황태자의 복수를 위해 새롭게 각오를 다졌다.

그녀가 천투패왕을 다시 만나게 된 것은 우연이 아니었나.

동창의 정예들을 단숨에 날려 버린 천투패왕의 절세적 무공을 전수받고자 그동안 줄곧 천투패왕의 행적을 추적해 왔었던 것이다.

천투패왕은 냉소빈을 확인하고는 입맛을 쩍 다셨다.

"젠장, 노부가 계집 죽는 꼴도 못 보는데 어떻게 노부의 손으로 계집을 죽이겠느냐?"

천투패왕이 냉소빈을 징계할 행동을 취하지 않자 강무휘와 무사들이 냉소빈에게 다가섰다.

무사들은 냉소빈의 의로운 척살에 찬사를 아끼지 않았다.

"여협의 의기에 감동했소!"

"훌륭한 솜씨였소, 여협! 정말 통쾌하외다!"

냉소빈은 무심한 어조로 응수했다.

"죽어야 할 계집을 죽였을 뿐입니다."

강무휘가 우호적인 미소를 띠며 물었다.

"소생은 단협맹의 소맹주인 강무휘라 하오. 여협의 대명을 알고 싶소."

냉소빈은 황실의 추격을 받고 있는 처지라 자신의 이름을 밝힐 수가 없었다.

"내게 사연이 있어 이름을 밝힐 수가 없군요."

"안타깝소. 추금귀화를 참살한 여협의 대명을 널리 알려야 하는데……."

강무휘는 못내 애석해하다가 즉석에서 별호를 지어주었다.

"하면 여협을 철혈무화(鐵血武花)라 칭해도 되겠소?"

"철혈무화……."

소빈은 자신에게 어울리는 별호다 싶어 굳이 거부하지 않았다.

"나쁘지는 않군요. 편한 대로 부르세요."

"철혈무화, 덕분에 강호의 악녀가 제거됐으니 세상이 조금은 더 밝아질 것이오. 그럼 기회가 되면 다시 만납시다."

냉소빈과 작별한 강무휘는 천투패왕을 향해 예를 올렸다.

“이만 물러가겠습니다, 패왕 선배님.”

천투패왕이 머쓱한 표정으로 응수했다.

“강무휘, 네게 감정은 없으니 이번 일을 마음에 두지 마라.”

“물론입니다. 어쨌든 악녀는 제거되지 않았습니까?”

무사들과 함께 물러선 강무휘는 냉소빈을 향해 묵례를 취해 보이고는 멀어져 갔다.

천투패왕은 기분 좋은 웃음을 터뜨렸다.

“카핫, 검왕이 그래도 제자는 제대로 키웠어. 당당한 기개와 호쾌한 성격이 정말 마음에 든다.”

이때 냉소빈이 천투패왕 앞에 무릎을 꿇으며 고개를 조아렸다.

“패왕 선배님, 부디 소녀를 제사로 삼아주십시오.”

“제자?”

천투패왕은 회심의 미소를 띠며 냉소빈을 쓸어보았다.

“하면 네가 작심을 하고 노부를 찾아온 것이더냐?”

“그렇습니다.”

“왜 갑자기 마음을 바꾸었느냐?”

냉소빈의 눈에서 차디찬 원독이 뿜어졌다.

“복수를 하겠습니다. 저하의 승하에 조금이라도 연관된 자는 모조리 죽이겠습니다!”

천투패왕은 물끄러미 그녀를 바라보다가 무형진기를 발휘

해 일으켜 세웠다.

"오냐, 네가 누구를 위해 복수를 하건 상관없다. 노부의 제자가 된 이상 너의 복수는 반드시 성사될 테니까."

第七章

세상을 향한 일보

1

불취약왕은 약고로 들어간 이후 한 번도 밖으로 나오지 않았다. 단약을 제련하는 일은 아주 신중해 사기가 스며들면 안 되기에 임월지 자매는 약고를 엿보려 하지도 않았다.

작별 하루 전.

임월지 자매는 사부의 옷을 손질하고 침소를 소제하면서 작별을 준비했다. 고대해 왔던 단협맹 입맹이기에 기대감이 컸지만, 자신들을 칠 년 넘게 친손녀처럼 키워준 불취약왕과 헤어져야 하기에 두 자매의 표정은 그다지 밝지 않았다.

용운몽은 자신이 도울 일이 없기에 대부분을 운하 변에서 보내며 신세내력에 대해 숙고하고 있었다.

과거를 기억할 수 없어 모든 것이 모호했지만, 그는 차분하게 의혹을 떠올리면서 해답을 구하려 애썼다.

그가 가장 우선시하는 의혹은 자신을 죽이려 한 자의 정체였다.

대체 흉수는 누구일까.

흉수를 찾게 된다면 자신의 과거 내력을 알아내기란 어렵지 않을 것이다. 하지만 아무리 집중해도 흉수에 대한 어떤 단서도 기억해 낼 수 없었다.

가끔 꾸는 악몽도 잠에서 깨면 기억이 사라지기에 어떤 꿈인지도 분명치 않아 답답하기만 했다.

결국, 세상 밖으로 나가서 자신을 알아봐 줄 수 있는 사람을 찾아야 하는데 현실적으로 기적에 가까웠다.

용운몽은 또다시 두통이 엄습해 오자 고개를 흔들며 상념에서 깨어났다.

"후우, 내가 과거에 아주 유명한 사람이었으면 좋겠어. 그렇다면 나를 알아보는 사람이 많을 텐데 말이야."

이때 임월영이 용운몽 옆으로 다가섰다.

"오빠, 언니가 잠시 얘기를 하고 싶대요."

"아, 그래?"

자리를 털고 일어선 용운몽은 애써 의연한 미소를 띠었다.

"이제 내일이면 작별을 고해야겠구나."

"오빠와는 좀 더 같이 있고 싶은데……."

임월영이 아이처럼 칭얼거리자 용운몽이 위로해 주었다.

"영원히 헤어지는 것도 아니잖아? 네가 단협맹에 있는 것을 알고 있으니까 언제든 찾아갈 수 있어."

"정말 찾아주실 거죠?"

"물론이야. 꼭 찾아가겠다고 약속할게."

용운몽의 언약에 임월영은 크게 위안이 된 듯 활달하게 응수했다.

"다시 만나게 되면 제가 멋지게 성장한 모습을 보여주겠어요."

두 자매의 처소는 협소했다.

본래는 각기 방을 쓰고 있었지만 임월영이 자신의 방을 용운몽에게 내수는 바람에 두 자매는 한 방에서 지내야 했다.

방 한쪽으로 약서를 비롯한 서책들이 가득했고 약초를 분류해 놓은 약장이 벽 한쪽을 채우고 있었다. 또한 작은 탁자와 두 개의 나무침상이 방 대부분을 차지하고 있어 다소 답답함이 느껴졌다.

남녀가 유별하기에 용운몽이 두 자매의 처소에 들어오기는 처음이었다.

"미안하오. 나 때문에 임 소저와 월영이 불편하게 지내게 되었구려."

“당치 않아요.”

임월지는 용운몽에게 차를 따라주고는 여러 권의 서책을 탁자 위에 내려놓았다.

“용 공자의 기억 회복에 조금이라도 도움이 될 수 있는 일이 없을까 싶어 고민하다가 한 가지 방도를 찾아보았어요.”

“방도라면……?”

“용 공자에게 글을 해독할 수 있는 능력이 남아 있다면 과거의 신분을 어느 정도 유추할 수 있을 것 같아요. 글에 대한 기억은 다른 기억보다 강하거든요.”

“글이라… 내가 글도 못 배운 무지렁이라면 오히려 실망스럽지 않겠소?”

용운몽이 다소 위축된 모습을 보이자 임월영이 눈썹을 치켜 올렸다.

“말도 안 돼! 그런 오빠가 어떻게 귀한…….”

그녀는 자신만의 비밀인 금패의 존재를 언급하려다가 얼른 입을 틀어막았다.

임월지가 의아한 눈빛으로 동생을 보았다.

“월영, 너 무언가를 알고 있니?”

“아, 아니야. 오빠 같은 분이 글을 모른다고는 생각할 수 없어서 말이야.”

다행히 임월지는 동생을 별반 의심하지 않았다.

“나도 그렇기는 해.”

임월지는 두 권의 서책을 펼쳐 용운몽 앞에 늘어놓았다.

"여기 서책들은 각기 해서(楷書), 예서(隷書)로 되어 있습니다. 예서는 고대의 서체이지만, 해서는 널리 통용되는 서체이기에 글을 배운 사람이라면 능히 읽을 수 있지요."

"음, 어디 봅시다."

용운몽은 해서로 쓰인 서책을 펼치고는 글자를 손가락으로 하나하나 짚으며 천천히 읽었다.

"현비왕용삼구실전금읍불계길(顯比王用三驅失前禽邑人不誠吉)……."

"제대로 읽으셨습니다. 그 의미도 아시겠어요?"

"현비란 크게 비교한다는 의미인데 아마 사냥을 말하는 것 같소. 따라서 현비왕용삼구란 왕의 사냥은 세 곳을 친다는 뜻으로 해석되오."

"그리고요?"

"실전금이란 사냥할 짐승을 잃는다는 의미로 해석할 수 있고, 읍불계길이란 백성이 두려워하지 않는다는 뜻이 아닌가 싶구려."

용운몽이 난해한 의미를 정확히 해석하자 임월영이 눈을 휘둥그레 뜨며 환호했다.

"와아, 대단해! 그 어려운 주역을 간단히 해석했어."

"이 책이 주역이냐?"

"예, 오빠. 난 몇 장 넘겨보다가 너무 어려워 포기한 책인데 오빠는 아마도 대단한 학자였나 봐요."

임월지 역시 용운몽의 독해 능력이 뛰어나다는 사실에 다소 고무되었다.

"월영의 말대로 주역은 아주 어려운 책입니다. 이 내용은 왕이 사냥을 나설 때 그물을 세 곳만 쳐서 짐승들에게도 달아날 길을 열어주어야 한다는 군왕의 덕을 설명한 거죠. 왕이 그런 덕을 베풀면 설사 사냥을 하지 못한다 해도 백성의 신망을 잃지 않는다는 뜻이에요."

용운몽은 자신이 읽은 글을 되새기며 담담히 미소 지었다.

"좋은 내용이오. 군주는 차라리 사냥감을 잃을지언정 덕을 잃어서는 안 된다는 계언이구려."

"맞아요. 그럼, 이 책도 읽어보세요."

임월지는 예서체로 쓰인 서책을 펼쳤다.

용운몽은 고풍스러운 서체를 잠시 주시하다가 단숨에 읽어 내렸다.

"달이 떠오르고 해가 지려 함일세. 산뽕나무 활과 화살통이여, 장차 주나라도 망하겠구나."

임월지의 입가에 절로 온화한 미소가 피어올랐다.

"훌륭하세요. 사기의 한 대목을 소녀가 예서로 써보았는데 정확히 해석하셨어요."

용운몽은 자신이 글을 제대로 읽고 해석할 수 있다는 사실에 조금은 안정이 되었다.

'내가 누구인지 몰라도 하찮은 잡배는 아니었나 보군.'

서책을 통해 용운몽의 해독 능력과 지식을 충분한 확인한 임월지는 서책을 치우고 커다란 화선지를 펼쳐 놓았다.

"이번에는 공자의 그림 실력을 한번 보겠어요."

용운몽은 다소 난감한 듯 화선지와 임월지를 번갈아 보았다.

"무엇을 그리라는 거요? 게다가 내가 그림에 대해서는 문외한일 수도 있는데…….."

"편안하게 생각하세요. 정확히는 용 공자의 그림 실력을 보려는 것이 아니에요."

"그럼 왜?"

"용 공자께서 비록 기억을 상실했지만 과거의 습성이나 정신력은 부의식 속에 남아 있을 거예요. 무엇을 그리는 상관없죠. 그저 붓이 가는 대로 그려보세요. 어쩌면 과거의 단서가 그림으로 그려질 수 있습니다."

"알겠소."

용운몽이 붓을 쥐고 생각을 가다듬는 동안 임월영이 먹을 갈면서 관심 어린 눈빛으로 그를 바라보았다.

잠시 후 용운몽이 붓에 먹물을 묻혔다.

스슥……!

화선지 위로 흐르는 붓놀림이 유려했다.

마치 능숙한 화가의 붓처럼 화선지 위를 타고 흐르는 붓은

먹물을 묻힐 때를 제외하고는 한 번도 쉬지 않았다.

화선지에 서서히 그림의 형상이 나타났다.

구름에 적당히 가려진 비늘 달린 몸체, 머리 위로 솟은 두 개의 뿔, 금세라도 천둥소리를 울려낼 듯 쩍 벌어진 아가리, 그리고 앞발에 움켜쥐고 있는 여의주…….

승천하는 듯한 비룡의 형상!

임월지 자매는 생동감 넘치는 용 그림에 탄성을 금할 수 없었다.

"아, 마치 살아 있는 용 같아."

"와아, 오빠가 유명한 화공이었나 봐? 이렇게 근사한 그림은 처음 보았어."

그림을 마친 용운몽이 몇 글자를 써넣었다. 올챙이 형상의 문자는 글자라기보다 도형에 가까웠다.

용운몽은 석 줄의 기이한 문자를 써넣고는 붓을 내렸다. 비로소 망아지경에서 깨어났는지 그는 자신이 그린 그림을 보고는 스스로 놀라워했다.

"어, 이 그림을 내가 그렸어?"

임월영이 바싹 몸을 붙이며 어리광을 부렸다.

"오빠, 내 초상화도 부탁해. 예쁘게 그려줘야 해요?"

"음, 그래."

용운몽은 건성으로 고개를 끄덕이고는 하늘로 날아오르려는 용 그림을 주의 깊게 바라보았다.

"내가 왜 이런 그림을 그렸는지 모르겠군."

임월지는 용 그림 한쪽에 쓰인 올챙이 형상의 문자를 보고
는 깜짝 놀랐다.

"아, 이건 과두문?"

정작 과두문을 써넣은 용운몽은 고개를 갸웃거렸다.

"과두문이 뭐요?"

"용 공자가 직접 쓰고도 모르세요?"

"아무것도 기억할 수 없지만 몇 줄의 글이 뇌리 속에 떠올
라 써넣었을 뿐이오."

임월지는 꼼꼼하게 과두문을 살피며 말했다.

"과두문은 문자의 시조라는 창힐에 의해 창제되었다는 전
설이 있지요. 하지만 주 왕조 초기에 사용되다가 훗날 대전으
로 변환되었다고 들었어요. 과두분은 진시황 때 문자 통합 성
책에 의해 사라졌기에 이 문자를 아는 사람은 극히 드물죠."

임월영은 난생처음 대하는 문자가 신기한 듯 재미있다는
표정을 띠었다.

"와아, 이건 갑골문보다 더 희한한 문자이네? 모양이 재미
있어. 참, 언니는 과두문을 해독할 수 있어?"

"조금 배우기는 했지만… 정확한 해독은 불가해."

"한번 읽어봐."

"으음, 그러니까……."

임월지는 과두문을 짚으며 떠듬거렸다.

"창천… 창공으로 읽어야 하나? 창공을 나는 붕새… 아니, 봉황인 것 같아. 어둠을 나는… 이걸 올빼미라고 읽어야 하는지 모르겠네……."

임월지가 제대로 해독하지 못하고 쩔쩔매자 용운몽이 나직이 읊조렸다.

"창공을 나는 봉황은 천계에 이르고, 어둠을 맴도는 올빼미는 명계를 여는구나!"

"아, 맞아요!"

임월지는 환한 표정으로 손뼉을 쳤다.

"그렇게 읽어야 되는군요. 창공을 나는 봉황은 천계에 이르고, 어둠을 맴도는 올빼미는 명계를 여는구나."

임월영은 언뜻 이해가 되지 않는지 미간을 찌푸렸다.

"언니, 그게 무슨 뜻이야?"

"내가 어떻게 이런 진언을 대번에 깨우칠 수 있겠니?"

"진언이라고?"

"그래, 불문이나 도문의 경전 중에서 진리가 담긴 구절을 진언이라 하지. 그 진언을 깨우친다면 곧바로 부처가 되고 신선이 될 수 있다는 얘기가 있어."

"치이, 언니도 모르는 게 있네?"

임월영은 가볍게 놀려대고는 용운몽에게 물었다.

"오빠, 무슨 뜻인지 해석해 주세요."

용운몽 역시 난감한 표정을 띠었다.

"나도 어떻게 설명해야 할지 모르겠구나. 뭔가 가슴에 느낌은 있는데 말로 표현할 수가 없어."

"어떻게 그럴 수 있죠? 오빠가 직접 글을 쓰고 해독까지 해 주었잖아요?"

"그렇기는 한데……."

용운몽이 고개를 흔들자 임월지가 부드럽게 청했다.

"공자, 다음 구절을 해독해 주세요."

용운몽은 두 번째 과두문을 훑으며 낭랑하게 읊었다.

"푸른 강물은 천 리를 흐르고 향기로운 바람은 만 리에 이르도다!"

임월영은 살포시 미소를 띠며 환호했다.

"와아, 무슨 뜻인지는 몰라도 표현이 너무 멋져요. 시문으로 표현해노 되겠어요."

임월지는 용운몽의 해독을 통해 과두문을 새롭게 알게 되었다.

"아, 이 글자가 그렇게 해석되는군요. 마지막 구절도 마저 해독해 주시겠어요?"

용운몽은 과두문을 눈으로 훑으면서 차근차근 일러주었다.

"대붕은 천산에서 치솟고 일월은 창해에서 떠오르네!"

"정말이지 한 구절 한 구절에 심오한 현기가 담긴 문구예요. 만일 이것이 무서의 내용이라면 공자께서는 진결을 알고 계신 겁니다."

"진결이 뭐요?"

"진언과도 같은 의미이지만 무림에서는 달리 진결이라 하
죠. 절세기인들은 자신들의 평생 심득을 압축해 불과 십여 구
절에 모두 담아내는데 이것을 진결이라 하죠. 불문에서는 이
를 교외별전이라 하고요. 하지만 진결을 알아도 깨우치지 못
하면 무용지물이니 절세기재만이 선대 고인들의 진결을 계승
할 수 있어요."

임월영이 눈을 동그랗게 뜨며 목소리를 높였다.

"와아, 그럼 운몽 오빠가 진결을 깨우친 절세고수였단 말
이야?"

"아니, 용 공자는 무공을 수련한 흔적은 없었어. 따라서 여
기 과두문은 진결이라기보다 진언에 가깝지."

임월지는 과두문을 뇌리에 새기며 물었다.

"공자께서 기억하시는 과두문은 이것이 전부인가요?"

"아니오. 기억이 온전치 않아 얼마나 더 떠올릴 수 있는지
는 모르지만 몇 구절은 더 있는 것 같소."

"공자가 과거를 전혀 기억하지 못하는데 과두문은 기억하
니 이것이 공자의 과거와 이어줄 유일한 끈인 듯싶어요. 부디
모든 문구를 기억하시기 바랍니다."

임월지는 먹물이 마르기를 기다렸다가 그림을 돌돌 말았
다.

“이 그림은 제가 보관하고 있겠어요.”

“그러시오.”

용운몽은 여인들만의 처소에 오래 머무는 것이 불편해 몸을 일으켰다.

“난 이만 나가보겠소.”

“예, 서화에 집중하느라 피곤하셨을 테니 잠시 쉬세요. 곧 저녁을 짓겠습니다.”

임월영은 용운몽과 함께 나서며 밉살스럽게 말했다.

“저녁은 언니 혼자 지어. 난 마지막으로 오빠의 침소를 소재해 놓을 테니까.”

두 사람이 나가자 임월지는 말아 쥔 그림을 반쯤 펼쳐서 다시 살펴보았다. 절반쯤 펼쳐진 상태라 그런지 용 그림이 더욱 신비롭게 보였다.

임월지의 표정이 신중해졌다.

'용은 황족을 의미하는데… 용 공자가 무의식 속에서 이렇듯 용을 그렸다는 것은 혹시 황족의 신분이기 때문이 아닐까?'

용운몽의 남다른 기품과 출중한 용모, 높은 학식, 그리고 빼어난 그림 솜씨…….

임월지는 용운몽의 신분에 대해 유추하다가 자신의 비약된 추측을 일축됐다.

'그럴 리가 없어. 고귀한 황족이 어찌 가슴에 검이 꽂히는

부상을 당할 수 있겠어? 그랬다면 수천수만의 관병들이 이미
운하 일대를 수색했을 거야.'

2

작별의 오찬이었다.

임월지 자매가 감정에 겨워 음식을 거의 먹지 못하자 불취
약왕이 짜증스럽게 나무랐다.

"인석들아, 어린 계집 둘이 험한 여정을 떠나려면 못된 놈
들과 다툴 일도 많을 거다. 배가 든든해야 싸움도 할 수 있지.
어서들 먹어라."

임월지는 눈물을 주체하지 못하고 연신 소매로 눈가를 닦
았다.

"소녀라도 남아서 사부님을 모셔야 하는데… 너무 죄송해
요."

"내 걱정은 말고 향후 너희의 처신에 신경 써라. 너희 가문
의 복수보다는 천하대의가 우선되어야 한다. 하지만 대마황
성의 어둠이 너무 짙어 그것이 걱정이구나."

불취약왕은 술을 한 모금 마시고는 제자들의 갈 길을 재촉
했다.

"자자, 어서 떠나거라."

　임월지 자매는 행장을 꾸려 마당으로 나섰다. 하지만 불취약왕이 약고로 들어갔기에 두 자매는 문밖에서 절을 올려야 했다.

"사부님, 부디 만수무강하십시오."

"흑흑, 사부님. 키워주신 은혜 잊지 않겠습니다."

두 자매는 진세로 둘린 수림 입구에서 용운몽과도 작별을 고했다.

"용 공자, 부디 기억을 회복하기를 바라요."

"고맙소, 임 소저와 월영의 호의는 절대 잊지 못할 거요. 혹시 내가 걸어야 할 길이 무림이라면 반드시 만나게 될 것이오."

"기대하겠습니다."

임월지는 정중히 예를 표했지만 임월영은 대담하게 용운몽의 가슴에 안기며 볼을 비볐다.

"오빠, 우리 다시 만나기로 했죠? 약속 잊지 말아요."

"그래, 약속은 꼭 지키겠다."

"아, 정말 헤어지기 싫은데."

임월영은 못내 아쉬워하다가 언니의 손에 이끌려 진세 속으로 향했다. 진세의 영향 때문인지 용운몽의 모습은 이내 사라졌다.

임월영은 문득 품속에 숨기고 있는 금패를 매만지며 잠시 고민했다.

'오빠의 물건이니 돌려줘야 하는데……'

하지만 그녀는 금패를 용운몽과의 인연으로 간직하고 싶었다.

'아니야. 이 금패는 오빠와 나를 이어줄 인연이야. 다시 만나게 되면 그때 돌려주면 돼.'

수림을 나선 두 자매는 사부의 은혜를 기리는 마음으로 다시 절을 올리고는 서둘러 산을 내려갔다.

마당으로 들어선 용운몽은 썰렁한 분위기에 심정이 쓸쓸했다.

용운몽으로 다시 태어난 그에게 있어 임월지 자매는 버팀목과도 같은 친인이었다. 두 자매가 약선곡을 떠나가자 그는 마치 세상에 혼자 버려진 듯 막막했다.

이때 약고의 문이 열리며 불취약왕이 밖으로 나섰다.

불취약왕의 얼굴이새빨갰다. 술을 너무 마신 탓인지, 아니면 혈육 같은 제자들을 떠나보내고 남몰래 울었는지는 분명치 않았다.

"운몽아, 너도 이제 슬슬 떠나야 하지 않겠느냐?"

"그래야 하지만… 은혜도 갚지 못한 상황이라 어찌해야 할 바를 모르겠습니다."

"난 의원이고 넌 부상자였다. 너를 치료한 것은 의원으로서의 당연한 도리였으니 마음에 둘 것 없다."

불취약왕은 허리춤에서 돌돌 말린 화선지를 꺼내 펼쳤다.

"월지가 이 그림을 내게 주더구나. 네가 직접 그림을 그리고 시문까지 써넣었다고 말이야."

"맞습니다."

불취약왕은 과두문으로 쓰인 시문을 가리켰다.

"월지의 말에 따르면 네가 흑천야서 쥐새끼를 혼내주었을 때 이 시문을 외쳤다고 하더구나."

용운몽은 기억을 더듬고는 고개를 끄덕였다.

"그런 것 같습니다. 당시 생각지도 않게 한 줄의 시문이 떠올라 지팡이를 휘둘렀을 뿐인데 도둑이 나동그라졌습니다."

"그게 사실이라면 여기 쓰인 시문은 진결에 가깝다."

"임 소저도 그렇게 말했지만… 저는 그것이 무엇인지 전혀 모르겠습니다."

"네가 과거는 전혀 기억하지 못하는데 이 진결만을 기억하고 있다는 것은 의학적으로도 드문 경우다. 아마 이 진결은 오랜 세월 네 뇌리 속에 새겨져 있기에 기억상실의 상황에서도 지워지지 않은 것 같구나. 어쩌면 이 진결이 너의 과거를 되찾아줄 수 있는 실마리가 될 게야."

불취약왕은 벽에 기대 세워져 있는 지팡이를 용운몽에게 던져 주었다.

"자, 쥐새끼한테 전개했던 수법을 다시 한번 펼쳐봐라."

"저는… 어떻게 해야 하는지 전혀 모릅니다."

"진결에 몰입하면 될 거 아니냐?"

"그러다 자칫 약왕께서 다치기라도 하면……."

용운몽이 주저하자 불취약왕이 버럭 소리쳤다.

"이놈아, 노부가 명색이 절대사천왕 중 하나다. 단언컨대 네가 어떤 수법을 펼쳐도 노부의 옷자락 하나 벨 수 없으니 마음 놓고 공격해."

"알겠습니다."

진결을 떠올린 용운몽은 망아지경에 젖어 지팡이를 휘둘렀다.

"창공을 나는 봉황은 천계에 이르고 어둠을 맴도는 올빼미는 명계를 여는구나!"

순간 지팡이 끝에서 눈부신 기운이 발출되면서 추락하는 유성우처럼 떨어져 내렸다. 느긋하게 호리병을 기울이며 술을 마시던 불취약왕은 깜짝 놀라 입에 머금고 있던 술을 뿜어냈다.

퍼엉……!

일진 폭음이 터지며 주변으로 세찬 바람이 몰아쳤다.

망아지경에서 깨어난 용운몽은 상당한 반탄력에 밀려 세 걸음 정도 물러섰다.

불취약왕은 제자리에서 꿈쩍도 하지 않았지만 낡은 장포 곳곳이 찢겨 있었다.

예상치 못한 수모를 당한 불취약왕이 벌겋게 상기돼 꾸짖었다.

"이런 배은망덕한 놈을 보았나? 다 죽어가는 놈을 살려주었더니 오히려 나를 죽이려 해?"

용운몽은 급히 지팡이를 던지고는 허리를 굽혔다.

"송구합니다, 약왕. 제가 큰 과오를 저질렀습니다."

한데 불취약왕은 굳은 표정을 풀며 소탈한 웃음을 터뜨렸다.

"헐헐, 아니다. 네 뇌리에 새겨져 있는 진결은 정말 신묘하구나. 내공 한 줌 없는 네가 이렇듯 엄청난 상승절학을 펼칠 수 있으니 이는 고금에 없는 절학이다."

앞으로 다가선 그는 손을 뻗어 용운몽을 손목을 쥐고 진맥했다. 눈을 가늘게 뜨며 진맥하던 그는 연신 고개를 끄덕였다.

"흐음, 그렇구나. 네 몸에 왜 기이한 기운이 잠재돼 있나 궁금했는데 조금은 의혹이 풀렸어."

"무엇을 알아내신 겁니까?"

"네가 내공을 수련하지 않았지만 진결에 몰입하는 순간 천지간의 기운을 순간적으로 흡수할 수 있다. 하기에 단전이 형성돼 있지 않은 몸임에도 진기를 쏟아낼 수 있는 거지. 그 위력이 얼마인지는 나도 확신할 수 없지만 적어도 네 몸을 지키는 데는 문제가 없을 거다."

불취약왕은 맛있게 술을 들이켜고는 말을 이었다.

"물론 순간적으로 진기를 형성하기에 초식을 전개하는 데
에는 다소 한계에 이를 수 있지. 만일 네가 천고의 기연으로
심후한 내공을 지닌다면 그 위력은 천하를 덮고도 남을 게야.
일약 절세고수가 되는 거지."

"제가 절세고수가 되어야 할 이유는 없는 것 같습니다."

"왜 없다고 장담하느냐? 넌 기억을 잃기 전에도 진결을 통
해 무공을 전개할 수 있었을 것이다. 한데 누군가 네 가슴에
검을 꽂았으니 그자는 가히 초일류 고수일 게다. 네가 그 흉
수를 찾아내 과거를 알고 싶다면 절세고수가 되어야 하지 않
겠느냐?"

용운몽은 묵묵히 불취약왕의 조언을 수용했다.

'약왕의 말씀이 틀리지 않다. 나를 죽이려 한 흉수가 누구
인지 몰라도 상당한 고수임을 인정해야 한다. 그런 자라면 무
림에서도 하찮은 신분은 아닐 거야.'

흉수가 절세급 고수.

여전히 막연하지만 그래도 범위는 어느 정도 좁혀진 셈이
다.

불취약왕은 탁자 의자에 걸터앉았다.

"운몽아, 노부가 식견이 얕아 네가 기억하고 있는 진결에
대해서는 전혀 모르겠구나. 하지만 한 사람을 찾아가면 혹시
그 내력을 알아낼 것도 같다."

"그 사람이 누구입니까?"

"십만대현(十萬大賢)이다."

다소 괴이한 별호에 용운몽은 고개를 갸웃했다.

"십만대현이요?"

"평생 읽은 책이 십만 권도 넘다 하여 붙여진 별호이지. 똑똑한 것은 확실하지만, 워낙 성격이 편협하고 괴팍해 말 한마디 건네기가 쉽지 않아. 하지만 십만대현도 네가 알고 있는 진결에는 관심을 보일 것 같구나."

"어디 가면 그 현자를 만날 수 있습니까?"

"얼마 전까지 안휘성 잠산에 머물고 있다고 들었다만 여태 그곳에 있는지는 확실치 않구나."

용운몽은 막막하기만 그의 행보에 한 가닥 목표가 세워지자 조금은 안정이 되었다.

"알겠습니다. 십만대현을 만나 제 기억을 회복하는 데 노력해 보겠습니다."

"잘됐으면 좋겠다만 만에 하나 성과가 없어도 너무 실망하지는 마라. 네가 기억을 잃은 것도 운명이고 나를 만난 것도 운명이야. 또한 향후 네가 과거를 잃고 사는 삶 또한 운명이 아니겠느냐? 너무 과거에만 집착하지 않기를 바란다."

용운몽은 불취약왕의 조언을 가슴에 새겼다.

"알겠습니다. 지금이 삶이 제게 주어진 운명이라면 기꺼이 순응하겠습니다."

"그래, 때로는 돌아가는 것도 하나의 방법이지. 결국은 네 과거의 내력으로 귀결될 게다.”

불취약왕은 품속에서 작은 약병을 꺼내 건넸다.

“옛다. 작별 선물이다.”

“이게 무엇입니까?”

“회천속명단이다. 심한 부상을 당해 목숨이 위태로워지면 복용토록 해라. 최소한 생명을 부지할 수 있을 테니까.”

회천속명단은 소림의 대환단을 능가할 보물이지만 용운몽은 아직 그 가치를 정확히 알지 못했다.

용운몽은 회천속명단을 품에 간직하고는 정중히 절을 올렸다.

“그동안의 치료와 배려에 감사드립니다. 이 은혜 잊지 않겠습니다.”

한데 불취약왕은 자리를 피해 그의 절을 받지 않았다.

“운몽아, 과거의 네가 누구인지 몰라도 결코 하찮은 사람으로는 생각되지 않는구나. 세상에 나가면 예상치 못한 많은 일들을 겪게 될 거다. 항상 네 자신을 귀하게 여겨 가벼이 움직이지 말고 의연하게 처신토록 해라.”

금과옥조와 같은 조언에 용운몽은 잔잔한 감동을 느꼈다.

“예, 명심하겠습니다.”

3

창공을 나는 봉황은 천계에 이르고

어둠을 맴도는 올빼미는 명계를 여는구나.

푸른 강물은 천 리를 흐르고

향기로운 바람은 만 리에 이르도다.

대붕은 천산에서 치솟고

일월은 창해에서 떠오르네.

창해를 떠오른 대붕은

해와 달을 넘나든다.

……

용운몽은 산을 내려오면서 시문과도 같은 진결을 읊조렸다. 진결을 외울 때마다 기운이 충만하기에 산길을 내려오면서도 전혀 힘든 줄을 몰랐다.

현재의 자신과 과거의 자신을 이어주는 유일한 끈.

용운몽은 잠시 생각하다가 무명의 진결에 이름을 붙여주었다.

"과두문의 옛 이름이 대전이니 대전진결이라고 명명하면 되겠어."

대전진결(大篆眞訣).

그가 용운몽이라는 이름을 갖게 되었듯이 내력을 알 수 없는 진결도 그렇게 명명되었다.

산을 내려온 용운몽은 멀리 성시를 내려다보며 약간의 설렘에 젖었다. 부상을 당해 깨어난 이래 줄곧 약선곡에서만 지내왔기에 바깥세상이 조금은 궁금했던 것이다.

"세상은 과연 어떤 곳일까?"

일단 그가 행보를 정해야 할 곳은 안휘성 잠산이었다.

아직은 안휘성이며 잠산이 어디인지 모르지만 찾아갈 수는 있을 것 같았다. 문제는 잠산을 찾아가도 과연 십만대현을 만날 수 있느냐는 데 있었다.

용운몽은 차분하게 자신을 위로했다.

"약왕의 훈시대로 설사 내 기억을 회복하지 못해도 실망하지 말자. 기억을 상실한 지금을 내 운명으로 받아들이면 돼. 기억을 회복하기 전까지는 오로지 용운몽으로 살아가면 되니까."

새로운 운명으로 태어난 그의 세상을 향한 일보는 이렇게 시작되었다.

第八章　신비의 삼잔노인(三殘老人)

1

　신향은 하남성 북부에 위치한 성시이다.

　용운몽은 성내의 반점에서 점심을 먹으며 지도를 들여다보고 있었다. 약선곡을 나선 이후 여러 날을 지내면서 그도 나름대로 세상살이를 익혀 사람들과 섞여 사는데 별다른 애로가 없었다.

　임월지가 작별에 앞서 은자를 넉넉하게 주었기에 당분간 객잔에서 묵을 수 있고 끼니를 거르지 않아도 되었다.

　'안휘성 잠산까지는 아직도 삼천여 리는 더 가야 하니 말을 한 필 구입해 타고 가야겠어.'

　용운몽은 지도를 접어 챙기고는 만두를 우물거렸다.

  반점 내부는 여러 사람이 동시에 떠들어대는 바람에 어수
선했다. 이 또한 일상이기에 용운몽은 민감하게 반응하지 않
았다.

  그는 오히려 여러 사람이 모여 앉아 식사를 하는 그 모습이
부러웠다.

  그들은 때로 실없는 농담을 하고 대단치 않은 문제로 말다
툼을 벌이기도 했지만 자신은 그럴 말 상대조차 없다는 사실
이 그를 쓸쓸하게 만들었다.

  '이럴 때 월지 자매가 옆에 없는 것이 아쉽군.'

  용운몽은 대조적인 성격의 두 자매를 떠올리며 잔잔한 미
소를 머금었다.

  '단협맹 본단에 잘 도착했는지 모르겠군. 세상에 나와보니
단협맹 협사들을 노리는 무리가 많던데.'

  그는 아직 대마황성 마인들과 직접적으로 맞닥뜨린 적이
없지만 그 이름은 귀가 따갑도록 들었다.

  무림의 절대자.

  강호의 낭인들은 물론이고 양민들조차 대마황성을 거론할
때는 목소리를 낮추었고 주변을 경계했다. 대마황성을 비난
하는 말 한마디로 멸문지화를 당할 수 있기 때문이다.

  이때 아래층이 소란스러워지더니 계단을 밟는 요란한 발
걸음 소리와 함께 다섯 명이 올라왔다. 그들은 하나같이 우락
부락했고 도끼와 철퇴 등 위협적인 병기를 지니고 있었다.

무리 중에서 우두머리로 보이는 장한은 이마에 '魔'란 글자가 쓰인 두건을 둘렀다.

"모두 주둥이 닥쳐!"

두건을 쓴 자는 오만하게 외치고는 반점 내를 쓸어보았다.

"나는 황북철웅 진사표이다. 위대하신 대마황성과 맞서는 단협맹 나부랭이들을 추적하는 중대한 사명을 담당하고 있지. 잠시 색출에 협조하기 바란다. 행여 거부하는 자는……."

진사표가 수하들을 힐끗 돌아보자 네 명의 수하는 일제히 병기를 뽑아 들며 외쳤다.

"죽인다!"

"우리에게 대항하는 자는……."

"죽인다!"

"도주하는 자는……."

"죽인다!"

오랫동안 사람들을 겁박하는 데 이력이 났는지 진사표와 수하들은 박자가 딱딱 맞았다.

워낙 무시무시한 겁박에 사람들은 숨도 제대로 쉬지 못한 채 바싹 굳어졌다. 한 상인은 젓가락으로 요리를 먹던 상황에서 그대로 굳어진 채 씹지도 뱉지도 못하는 한심한 상황이 되었다.

진사표는 허리춤에 찬 환도를 철그렁거리며 탁자 사이를 걸었다. 그는 손에 쥔 수배전단을 넘기면서 반점 내의 사람들과 모습을 비교했다.

반점 구석에는 세 명의 젊은 도사가 묵묵히 앉아 있었다. 도사들은 충돌을 회피하기 위해 애써 감정을 차제하고 있었지만, 노기를 완전히 감출 수는 없었다.

젊은 도사들 앞에 이른 진사표가 거들먹거리며 그들을 쓸어보았다.

"어디서 온 사이비 도사들인가?"

젊은 도사 중 한 사람이 냉랭하게 응수했다.

"우리는 청성도관의 제자들로서 장문인의 명을 수행하기 위해 오대산으로 가는 길이오."

청성파라면 전통의 명문정파로 무림에서의 지위도 상당하다. 하지만 진사표는 젊은 도사들을 철저하게 무시했다.

"오, 청성파의 도적들이군. 듣자 하니 청성파에서도 단협맹에 상당한 인원과 물자를 제공했다던데? 존엄하신 대마황님께서는 왜 이런 도적 집단을 용인하시는지 몰라. 대마황님께서는 지나치게 자비를 베푸신다니까."

청성파 도사들은 연신 도호를 외며 수모와 치욕을 감수했다.

진사표와 그를 따르는 수하들이 대마황성 소속의 마인들이 아님을 청성의 도사들도 잘 알고 있었다. 하지만 대마황성이 지배하는 상황에서 쓸데없는 분란은 그들 사문에 큰 화를 미칠 수 있기에 참을 수밖에 없었다.

이를 지켜보는 용운몽의 심정도 편치 않았다. 하지만 그가 나서서 해결할 수 있는 일도 아니기에 창 쪽으로 시선을 돌렸다.

진사표는 노골적으로 시비를 걸었다.

"니들 아무래도 수상하니 우리와 함께 가야겠다. 철저하게 심문한 후 혐의가 없으면 보내주겠다."

결국 참다못한 도사가 강하게 반발했다.

"당신들이 무슨 권리로 우리를 압송하겠다는 거요?"

"크흣, 권리? 너희 같은 버러지들이 그것을 따질 자격이 있을까? 대마황성을 대신해서 너희 같은 반도들을 제거하는 것이 우리들의 임무다!"

진사표는 허리춤의 환도를 쥐었다.

"너희가 정 무고함을 자신한다면 보증금을 걸어라. 그러면 일단 보내준 후 차후에 조사하겠다."

말이 좋아 보증금이지 냉백한 갈취였다.

청성의 도사들은 난감한 표정으로 서로 바라보았다.

순순히 보증금을 내놓자니 지독한 굴욕이고, 그렇다고 거부하자니 한바탕 싸움을 피할 수 없다.

청성의 도사들이 주저하자 진사표는 오만하게 턱을 치켜들었다.

"왜 꿀 먹은 벙어리냐? 설마 청성의 도사들이 보증금 몇 푼 없는 것은 아니겠지?"

　용운몽은 진사표의 돼먹지 못한 행패에 강한 의분을 느꼈
지만, 자신의 역량을 정확히 모르는 터라 선뜻 나설 수도 없
었다.

　이때 붉은 피풍의를 두른 검은 복장의 무리가 계단을 통해
이층으로 올라섰다. 눈빛은 칙칙했고 안색은 밀랍처럼 창백
했다.

　모두가 등에 칼을 찼는데 그들의 가슴 왼쪽에는 붉은 실로
마(魔)라는 글자가 수놓아져 있었다.

　그들이 들어서는 순간부터 싸늘한 냉기와 죽음의 기운이
반점 안을 동결시켰다. 무림인들은 물론이고 양민들조차 그
들과 시선을 마주치지 않으려 눈길을 내리깔았다.

　진사표의 수하들은 흑의인들의 등장에 하얗게 질렸다.

　"수, 순찰사령 어르신을 뵈옵니다!"

　그들을 털썩 무릎을 꿇으며 예를 올리자 진사표가 득달같
이 달려왔다.

　"아이고, 순찰사령님을 뵈옵니다."

　용운몽은 여느 사람들과 달리 순찰사령과 수행 마인들을
하나씩 뜯어보았다.

　'이들이 바로 대마황성에 정식으로 소속된 마인들이로
군.'

　대마황성은 절대자로 군림한 이후 순찰사령들과 사자들을
세상에 내보내 무림의 질서를 통제했다.

그들의 임무는 대마황성과 맞서는 단협맹 요원들의 색출이지만, 독보적인 권위를 내세워 백도 세력의 준동을 사전에 차단하는 것 또한 중요한 임무 중 하나였다.

순찰사령은 감정 하나 깃들지 않은 무심한 눈빛으로 진사표를 직시했다.

"넌 누구냐?"

"소인은 황북철웅으로 불리는 진사표라 합니다. 위대하신 대마황님께 충성하기 위해……."

"네놈의 마빡에 두른 두건은 뭐냐? 네가 감히 본성 소속임을 자처하는 것이냐?"

"그것이 아니오라……."

"진사표, 네놈의 추악한 행패에 대해서는 익히 들었다. 감히 존엄하신 대마황님을 내세워 푼돈이나 뜯는 버러지 같은 새끼!"

순찰사령은 손을 꼿꼿하게 세워 진사표의 가슴을 찔렀다.

퍼억!

"커어억!"

대번에 가슴뼈가 으스러진 진사표는 시뻘건 피를 토해냈다. 순찰사령이 손을 뽑아내자 진사표는 그대로 주저앉았다. 절명이었다.

맨손으로 진사표의 가슴을 으스러뜨렸지만 순찰사령의 손에는 피 한 방울 묻지 않았다. 대마황성의 독문마공인 혈강수를 수련한 탓이다.

진사표를 따라온 수하들은 우두머리가 횡사하자 사색이 되어 와들와들 떨었다. 잠시 전까지 반점 내부를 압도했던 그들이었지만 본래 하찮은 무리라 순찰사령 앞에서는 고양이를 만난 쥐 신세였다.

순찰사령은 휘하의 순찰사자들에게 턱짓을 보냈다.

"끌고 나가라."

"예, 사령."

진사표의 수하들은 순찰사자들에 의해 짐승처럼 끌려나갔고 진사표의 시체도 이내 치워졌다.

순찰사령은 무심한 눈빛으로 반점 내를 훑었다. 청성파 도사들은 물론이고 사람들 모두가 눈길을 내리깐 채 눈길을 마주치지 않으려 애썼다.

대마황성 순찰사령의 지위가 대단치 않아도 그와 맞설 기백을 지닌 자는 극히 드물다.

이를 당연히 여겼던 순찰사령은 자신을 빤히 바라보는 한 청년을 보고는 가볍게 눈살을 찌푸렸다.

청년은 물론 용운몽이었다.

용운몽은 순찰사령이 자신을 직시하자 태연하게 눈길을 돌리며 차를 마셨다. 용운몽은 병기를 지니지 않은 데다 낙척서생과 같은 차림이라 순찰사령도 더는 관심을 두지 않았다.

순찰사령은 사람들을 향해 차갑게 내뱉었다.

"누구든 대마황성의 권위와 명예를 훼손하는 자는 용서치 않는다!"

그는 위압적인 한 마디를 남기고는 아래층으로 내려갔다.

용운몽은 비로소 대마황성의 존재를 실감했다.

'참으로 공포의 권위를 자부하는 집단이구나. 자신들을 추종하는 자들까지 가차없이 죽일 수 있다는 것은 그 어떤 대항도 용인하지 않겠다는 뜻이야.'

그는 이런 대마황성과 맞서게 된 임월지 자매가 우려되었다.

'제발 무사하기를.'

2

다각다각……!

관도를 따라 달려가는 말발굽소리가 경쾌하다.

용운몽은 행보를 빨리하기 위해 말을 구입했지만 처음에는 기마술을 몰라 조심스러웠다. 하지만 그는 오래지 않아 능숙하게 말을 몰 수 있었다.

'내가 과거에 말을 탄 석이 있었나 보군.'

몸으로 체득한 기술은 기억과 무관하기에 용운몽은 자신의 신분에 대해 한 가지를 더 유추할 수 있었다.

'내가 나름대로 글을 해독할 수 있는 능력이 있고, 기마술

까지 배웠다면 평범한 문사는 아니야.'

일반 사람이 가슴에 검이 꽂힌 채 추락하는 경우는 극히 드물다. 하지만 무림계에서는 흔하게 벌어질 수 있는 상황임을 감안하면 그가 무림인일 가능성이 더 컸다.

'십만대현이라… 당세의 현자답게 대전진결에 대해 알고 있기를 바라야겠어.'

문득 그는 관도 한가운데 꽂힌 장대를 보게 되었다. 장대 위로는 검은 깃발이 요란스럽게 펄럭거리고 있었다.

깃발에 쓰인 글자를 본 용운몽은 다소 긴장했다.

'마(魔)… 저건 대마황성의 표식인데?

그는 반점에서 대마황성 마인들이 가슴에 수놓은 문장을 본 적이 있기에 검은 깃발이 대마황성의 기치임을 한눈에 알아보았다.

용운몽은 고삐를 당겨 말을 멈춰 세웠다.

통행이 잦은 관도에 대마황성의 기치가 꽂혔다는 것은 접근을 금하는 표시로 생각되었다. 하지만 주변을 살펴보아도 달리 돌아갈 길이 없었다. 결국 왔던 길을 수십 리는 돌아가야 하는데 용운몽은 썩 내키지 않았다.

용운몽은 잠시 생각하다가 마음을 정했다.

'그래, 대마황성 세상인 만큼 언젠가는 이들과 부딪칠 수밖에 없다. 마냥 회피할 수도 없으니 어디 한번 맞서보자.'

그는 다시 말을 몰아 깃발이 꽂힌 장대를 지나쳤다.

한데 채 십여 장을 지나치기도 전에 길옆 수림에서 섬뜩한 예기가 날아들었다.

쐐애액!

깜짝 놀란 용운몽은 마상에서 급히 뛰어내렸다.

이히힝!

구슬픈 울음소리와 함께 그가 타고 온 말이 대번에 난도당해 쓰러졌다.

피가 뚝뚝 흐르는 칼을 쥐고 길을 막아선 자들은 네 명의 흑의인이었다. 모두 붉은 피풍의를 둘렀고 가슴에 새겨진 표식으로 미루어 대마황성 마인들이 분명했다.

마인 하나가 쉰 듯한 음성으로 내뱉었다.

"네놈이 감히 본성의 표식을 무시해?"

"누구나 다닐 수 있는 길이 아니오?"

"대마황성의 기치가 꽂혀 있다면 그곳이 곧 금역이다."

"몰랐소."

"몰랐다는 건 이유가 되지 않는다. 대마황성의 존엄성을 훼손한 이상 넌 죽어야 한다."

마인은 용운몽의 목을 향해 칼을 휘둘렀다. 상대를 평범한 낙척서생으로 보았는지 단순한 쾌도였다.

용운몽은 반사적으로 물러섰다. 자신도 모르게 순간적으로 일 장을 물러섰기에 마인의 쾌도는 빈 허공만 가르고 말았다.

쾌도가 무위로 돌아가자 마인의 표정이 딱딱하게 굳어졌
다.

"새끼… 한갓 글쟁이가 아니었군. 무공을 익혔어."

용운몽은 어차피 벌어진 충돌이기에 의연하게 응수했다.

"무도한 놈들! 어찌 백주에 길을 막고 함부로 사람을 해치
려는 거냐?"

"죽어!"

마인은 득달같이 다가서며 칼을 내리쳤다.

쐐애액!

앞서와는 비교도 안 될 만큼 빠르게 위력적인 도법이었다.

용운몽은 순간적으로 당황했지만 대전진결을 믿고 정신을
집중했다. 그러자 그의 시야가 밝아지면서 마인이 내리친 도
법의 변화를 분명하게 구분할 수 있었다.

마인의 동작이 상대적으로 느리게 보였기에 용운몽은 여
유 있게 손을 뻗어 마인의 손목을 거머쥐고 칼을 빼앗아 쥐었
다. 자연스럽게 금나술이 전개되면서 마인을 제압한 것이다.

동료가 제압되자 세 명의 마인이 동시에 달려들었다.

용운몽은 제압한 마인을 앞세워 방패로 삼았다.

"멈춰!"

그러나 세 명의 마인은 전혀 주저하지 않은 채 살초를 전개
했다.

퍼퍼퍽!

　동료의 공세에 방패로 삼아졌던 마인은 목이 베이면서 전신이 난도되는 참살을 당하고 말았다. 용운몽이 급히 물러섰기에 망정이지 하마터면 그도 함께 횡사를 당할 뻔했다.

　용운명은 마인들의 잔혹함에 크게 분개했다.

　“잔악한 마귀들! 너희 눈에는 동료도 보이지 않는단 말이냐?”

　마인 하나가 메마른 어조로 응수했다.

　“방해되는 자는 무조건 제거하는 것이 대마황성의 원칙이다.”

　또다시 마인들이 세 방향으로 공격해 오자 용운몽은 칼을 불끈 쥐었다.

　“정녕 인간이 아니라 악귀들이로군.”

　세 명의 마인들은 용운몽의 목과 심장, 단전을 각기 노렸다.

　용운몽은 대전진결을 떠올리며 그 흐름에 자연스럽게 몸을 맡겼다.

　“대붕은 천산에서 치솟고 일월은 창해에서 떠오르네.”

　순간 지표를 통해 수십 가닥의 검기가 치솟아올랐다. 엄청난 위력의 상승무학이 연출되면서 세 명의 마인은 대번에 고꾸라졌다.

　검기에 관통된 마인들은 눈을 부릅뜬 채 절명했다. 자신들이 어떻게 죽는지도 모른 채 절명했기에 표정은 경악으로 굳어져 있었다.

정신을 차린 용운몽은 세 구의 널브러진 시체를 보고는 놀라움을 금치 못했다

"내가 어떻게 이들을……?"

용운몽은 칼을 휘둘러 칼에 묻은 피를 뿌렸다.

상대가 대마황성의 마인들이기에 살인에 대한 가책은 느껴지지 않았다. 아니, 무고한 참살을 자행하려는 자들에 대한 정당한 집행이기에 오히려 떳떳했다.

그는 애꿎게 죽은 말을 보며 애도를 표했다.

"미안하구나. 공연히 주인을 잘못 만나 험한 꼴을 당했어."

이때 수림 안쪽에서 기합소리와 함께 폭음이 연이어 울려 퍼졌다.

퍼… 퍼펑……!

용운몽은 비로소 마인들이 왜 깃발을 세워 외부인의 진입을 막으려 했는지 유추할 수 있었다.

"이들은 누군가의 대결에 방해가 되지 않도록 길을 막아선 게 분명해."

잇단 폭음과 함께 수림 위쪽으로 아름드리 거목들이 뿌리째 뽑혀 솟아올랐고 섬전 같은 예기들이 폭사되었다.

용운몽은 폭음 소리만으로 심상치 않은 대결임을 직감했다.

'굉장한 격돌이로군. 대체 어떤 사람들이지?'

3

차차창—!

허공에서 세 사람이 격돌하고 있었다.

흑발에 검은 머리띠를 두르고 있는 흑의노인은 칼등에 고리가 달린 환도(環刀)를 내리쳤다.

"혈뢰폭!"

백발에 흰 머리띠를 두른 백의노인은 칼등이 크게 휘어진 반월도를 휘둘렀다.

"잔섬!"

두 노인의 합격술은 패와 쾌기 조화를 이루었기에 강력하면서도 징교했다.

이들 두 노인을 상대하는 노인은 빙글 회전하면서 철검을 내리그었다. 검극에서 뿜어진 검기는 부챗살처럼 갈라지면서 환도와 반월도를 각기 막아냈다.

콰—쾅!

병기의 충돌임에도 불구하고 엄청난 내가진기가 실려 있었는지 천둥과 섬광이 작렬했다. 무수한 번갯불이 사위로 비산되면서 십 장 이내가 초토화되었다.

각기 내려선 세 노인은 병기에 재차 진기를 주입했다.

흑백 두 노인과 맞서는 노인은 지독한 삼중 불구였다.

애꾸에 외팔이, 그리고 외다리.

그런 몸으로 어찌어찌 살아갈 수는 있겠지만 이렇듯 초절한 무공을 지니고 있다는 것이 경이였다.

흑의노인이 환도를 곧추세웠다.

"이번에는 반드시 너를 끌고 가겠다, 천잔(天殘)."

백의노인은 반월도를 수평으로 쳐들었다.

"순순히 응한다면 목숨은 살려주겠다."

불구노인은 두 노인의 위협에 너털웃음을 터트렸다.

"껄껄, 겁 많은 개가 짖는다더니. 노부를 끌고 갈 능력이 있다면 그리하거라."

흑의노인의 환도에서 검은 기운이 안개처럼 뿜어졌다.

"죽어도 원망 마라!"

백의노인의 반월도에서 새하얀 도기가 발출되었다.

"네 시체라도 끌고 가겠다!"

아찔한 광휘와 함께 두 노인의 모습이 순간적으로 스러졌다. 그들의 육신은 사라진 채 두 자루 칼만 불구노인을 향해 날아들었다.

"헐, 제법이구나!"

불구노인은 이형환위를 전개해 순간적으로 사라졌다. 그러나 흑백 두 노인의 무공 또한 절세급이기에 이내 불구노인의 행적을 쫓아 합격술을 전개했다.

"아직 부족해!"

불구노인은 두 줄기 검기를 동시에 발출했다.

도검이 교차하는 순간 요란한 폭음과 함께 무수한 예기가 사위로 비산되었다.

장내 한쪽에서 이를 지켜보고 있던 용운몽은 섬전 같은 예기가 자신을 향해 날아들자 급히 칼을 휘둘렀다.

차아앙!

겨우 예기를 막아냈지만, 칼을 통해 전해지는 반탄력이 상당했다. 주춤 뒤로 물러선 용운몽은 숨을 몰아쉬며 들끓는 기혈을 가라앉혔다.

'으음, 실로 엄청난 위력이다!'

흑백 두 노인은 뜻하지 않은 불청객의 출현에 칼을 거두고 내려섰다.

"웬 놈이냐?"

"한심한 순찰사자 놈들! 대체 무엇을 하고 있었기에 외부인 하나 통제하지 못했단 말인가?"

용운몽은 자신이 나설 자리가 못 된다는 사실을 인식했지만 부당한 대결을 차마 두고 볼 수가 없었다.

용운몽은 불구노인의 앞을 막아서며 당당히 외쳤다.

"이 싸움은 공평하지 못하오!"

흑백노인은 용운몽을 안중에도 두지 않았다. 흑의노인이 귀찮다는 표정으로 눈짓을 보내자 백의노인이 반월도를 휘둘렀다.

"뒈져!"

번—쩍!

가히 절대쾌도.

용운몽은 일순 당황함을 금치 못했다. 세상에 이렇듯 빠른 수법이 존재하는 줄을 처음 알았다.

이를 본 불구노인이 급히 철검을 통해 검강을 발출했다.

"물러서!"

섬광처럼 뿜어진 검강이 용운몽의 등 뒤에서 뻗어 나오며 백의노인의 쾌도를 튕겨냈다.

퍼엉……!

절대쾌도의 위협에서 벗어난 용운몽은 비로소 불구노인이 절대고수임을 인식했다.

'이 정도 고수였을 줄이야!'

불구노인이 용운몽으로 옆으로 다가섰다.

"다친 데는 없느냐? 어린 녀석이 어쩌자고 겁도 없이 뛰어든 거냐?"

용운몽은 머쓱한 표정을 지었다.

"노인장이 불구의 몸인데다 저들과 이 대 일의 대결을 펼치는 것이 부당하다고 판단했는데 내가 잘못 생각한 것 같습니다."

"그러니까 오로지 의협심에 나섰단 말이냐?"

"의협이라기보다는 그것이 도리라 생각했습니다."

불구노인은 용운몽을 물끄러미 보다가 호의적인 미소를 띠었다.

"허허, 네가 의를 알고 도리를 알고 있으니 사람 구실은 제대로 하겠구나."

용운몽은 흑과 백으로 분명하게 구분된 두 노인을 돌아보았다.

"저들은 누구입니까?"

"흑백쌍마(黑白雙魔)를 말하는 거냐?"

"흑백쌍마?"

"그렇다. 묵천패도(墨天覇刀)와 소천월도(素天月刀)로 불리는 자들로 도법의 대가라 할 수 있지."

"쌍마로 불린다면 좋은 사람은 아닌 것 같군요. 혹시 대마황성의 악도입니까?"

"맞다. 과거에는 독자적으로 행동했지만, 지금은 대마황성 군마전 소속이지."

대마황성이라는 이름이 거론되자 용운몽은 본능적으로 적개심이 피어올랐다.

"저들이 대마황성 마두들이라면 기꺼이 노인장을 돕겠습니다."

불구노인은 의아한 표정으로 독목을 슬쩍 치켜떴다.

"네가 대마황성과 무슨 원한이라도 있는 거냐?"

"개인적인 원한은 없습니다. 하지만 대의를 위해서라도 대마황성은 괴멸되어야 한다고 생각합니다."

"허허, 그런 마음가짐이 협이니 네가 바로 의협이다."

두 사람의 대화를 지켜보던 흑의노인이 거칠게 내뱉었다.

"어린 새끼! 너같이 하찮은 놈을 죽이는 것은 우리 쌍마의 수치다. 자비를 베풀 테니 당장 꺼져라!"

흑의노인이 묵천패도이고 백의노인이 소천월도였다.

소천월도가 음산하게 한 마디 덧붙였다.

"두 번의 자비는 없다!"

용운몽은 흑백쌍마와 마주 서며 당당하게 응수했다.

"대마황성 마귀들이라면 내가 용서치 않겠다."

묵천패도의 눈에서 무시무시할 살기가 폭사되었다.

"이놈이 그래도!"

그는 신경질적으로 환도를 내리쳤다.

촤아악!

거대한 도기가 지표를 가르며 노도처럼 뻗어왔다.

용운몽은 피하는 것이 비겁하다는 생각에 정면으로 맞섰다.

콰아앙!

칼로 도기를 후려치는 순간 용운몽은 팔이 떨어져 나가는 충격을 느껴야 했다. 도기와의 충돌로 약간의 내상까지 당한 용운몽은 주르륵 뒤로 밀렸다.

손에 쥔 칼을 보니 손잡이만 남은 채 박살 나 있었다.

불구노인이 급히 용운몽을 부축해 주었다.

"허어, 괜찮냐?"

용운몽은 숨을 몰아쉬며 들끓는 기혈을 진정시켰다.

"후우, 엄청난 도기로군."

"아이야, 네 의기는 가상하다만 네가 나설 자리가 아니야. 노부가 상대할 테니 물러서 있어."

"아닙니다."

용운몽은 자루만 남은 칼을 집어 던지고는 불구노인에게 청했다.

"검을 잠시 빌릴 수 있겠습니까?"

"허어, 진정 고집스러운 녀석이로다."

"제가 검법으로 저들을 물리치지 못하면 노인장이 나서도 좋습니다."

불구노인은 정색하며 용운몽을 타일렀다.

"저들은 전대의 대마두들로서 대마황성 군마전에 몸을 담은 이후 더욱 강해졌다. 네 상대가 아니니 저들과 맞서면 너는 무조건 죽어."

"저를 그리 만만히 보지 마십시오. 제가 검법으로는 패하지 않을 자신이 있습니다."

의기에 찬 응수에 불구노인은 용운몽을 새롭게 인식했다.

'이 녀석, 단순히 호기로써 나서는 것이 아닌 것 같군. 한

번쯤 믿어보자.'

불구노인은 철검을 뽑아 용운몽에게 건넸다.

"오냐, 네 뜻이 정 그렇다면 겨뤄봐라."

이를 본 흑백쌍마가 황당한 표정을 지었다.

"이게 무슨 짓거리냐, 천잔?"

"네가 끌려가기 싫어 한갓 어린놈을 내세우는 거냐?"

불구노인이 단호하게 말을 받았다.

"흑백쌍마, 너희 중 누구라도 좋다. 이 아이를 삼 초 이내에 꺾는다면 노부는 순순히 너희를 따라 대마황성으로 가겠다."

용운몽이 깜짝 놀라 불구노인을 돌아보았다.

"노인장……?"

불구노인은 의연한 모습으로 용운몽의 어깨를 다독여 주었다.

"네가 노부를 위해 나섰으니 노부 또한 너를 믿겠다. 최선을 다해보아라."

용운몽의 표정이 숙연해졌다. 단지 의협심에 나선 일인데 이제는 한 사람의 운명까지 걸린 결전으로 상황이 바뀐 것이다.

소천월도가 눈을 가늘게 뜨며 물었다.

"약속할 수 있냐, 천잔?"

"물론이다."

“오냐. 내가 상대해 주겠다.”

소천월도는 묵천패도를 돌아보며 싸늘한 미소를 띠었다.

“자네의 패도에 애송이가 박살 나면 천잔이 약조를 어길 수 있으니 내게 맡기게.”

“알겠네. 놈의 목은 베지 말고 팔다리만 잘라.”

“그러지.”

소천월도는 꼿꼿하게 미끄러져 용운몽과 마주 섰다.

불구노인은 신중한 모습으로 이를 지켜보았다. 용운몽이 패해 대마황성으로 끌려가는 것은 감내할 수 있었다. 하지만 자신을 위해 나선 젊은 협사가 행여 비명횡사하게 될 것이 우려되었다.

‘내 판단이 잘못되지 않아야 하는데.’

소천월도는 팔짱을 낀 채 오만하게 턱을 치켜들었다.

“어린놈, 삼 초만 버텨라.”

용운몽은 전혀 주눅이 들지 않고 당당하게 응수했다.

“내가 할 소리다. 내 공격을 삼 초만 막아봐라.”

그러자 불구노인의 우려 섞인 전음성이 용운몽의 귓속으로 파고들었다.

[인석아, 제발 자중해. 소천월도는 당대 최고의 쾌도를 구사하는 도객이니 최대한 방어에 치중해라.]

용운몽은 전음술을 어떻게 구사하는지 모르기에 스스로 다짐하듯이 대꾸했다.

“공격이 최상의 방어!”

대전진결을 뇌리에 떠올린 용운몽은 망아지경에 몰입해 철검을 휘둘렀다.

“창공을 나는 봉황은 천계에 이르고, 어둠을 맴도는 올빼미는 명계를 여는구나!”

일순 화려한 검화가 뿜어지면서 허공을 가득히 뒤덮었다. 수백 개의 검화가 유성우처럼 쏟아지는 광경은 검법이라기보다 환상에 가까웠다.

전혀 예상치 못한 검법에 소천월도의 눈가 근육이 씰룩거렸다.

‘뭐, 뭐야, 이건?’

불구노인 역시 감탄을 금치 못했다.

“호오, 세상에 이런 검법이 있었단 말인가?”

무수한 검화가 내리꽂히자 소천월도가 반월도를 발출했다.

번—쩍!

아찔한 광휘와 함께 폭발적인 섬광이 검화 속으로 파고들었다. 무수한 검화를 뚫고 파고드는 도기는 실로 위력적이었다.

용운몽은 반사적으로 몸을 틀며 도기를 쳐냈다.

차앙……!

도기는 간발의 차이로 용운몽의 어깨를 스쳤다. 상처는 깊지 않았지만 붉은 피가 장삼을 축축하게 물들였다.

이를 본 불구노인이 전음으로 용운몽에게 다시 주의를 주었다.

[소천월도는 절대쾌도를 터득한 자다. 제발 방어해 치중해라.]

소천월도는 빙글 회전하며 재차 쾌도를 발출했다.

"단월참(斷月斬)!"

세상을 통째로 벨 듯한 광휘.

용운몽은 눈이 부서 상대의 수법을 제대로 가늠할 수가 없었다.

'칼이 보이지 않아!'

용운몽은 본능적으로 물러서며 철건을 휘둘렀다.

차차창!

잇단 금속성이 울려 퍼지며 검을 쥔 손아귀에서 피가 흘렀다. 가까스로 쾌도를 막아냈지만, 도기가 스쳐 가면서 용운몽의 몸 여러 곳에 혈흔이 그어졌다.

불구노인은 침중한 모습으로 한숨을 쉬었다.

'역시 무리였군.'

바닥을 박차고 솟구친 소천월도는 허공을 딛고 선 채 반월도를 내리쳤다.

"쇄월섬(碎月閃)!"

쐐애액!

강력한 도기가 섬전처럼 지상을 향해 내리꽂혔다. 폭음과 함께 지표가 갈라졌다.

용운몽은 등줄기가 축축하게 젖어드는 공포에 젖었지만 자신의 책임을 상기하며 지그시 이를 깨물었다.

'죽음은 두렵지 않다. 정작 두려운 것은 패배!'

정신을 집중한 철검을 곧추세웠다.

"푸른 강물은 천 리를 흐르고 향기로운 바람은 만 리를 흐르도다!"

순간 무수한 검영이 현란하게 피어오르며 용운몽을 에워쌌다.

강력한 도기는 모든 것을 파괴할 듯이 파고들면서 연속적으로 검영을 박살 냈다. 용운몽은 잇단 충격 속에서도 철검을 움켜쥔 채 검법을 마저 구사했다.

콰아앙……!

요란한 폭음이 터지며 용운몽의 뒤로 튕겨졌다. 전신 일곱 곳으로 도기가 스쳐갔지만 대전진결 덕분에 심각한 부상은 피할 수 있었다.

소천월도가 재차 쾌도를 발출하려 하자 불구노인이 유령처럼 몸을 날려 용운몽을 부축했다.

"삼 초가 끝났다, 소천월도!"

뒤로 물러선 소천월도는 반월도를 칼집에 꽂았다. 한갓 청년이 자신의 도법을 삼 초나 받아냈다는 것은 치욕이었다.

소천월도는 용운몽을 죽이고 싶은 살심이 강렬했지만, 약
속은 지켜야 했다. 비록 마도에 몸담고 있지만, 명예와 자부
심은 대단한 그였다.

"네 이름이 무엇이냐?"

"난……."

용운몽이 이름을 밝히려 하자 불구노인이 얼른 제지했다.

"밝히지 마라."

용운몽은 불구노인을 보며 담담히 미소를 띠었다.

"괜찮습니다. 대마황성 악도들이 두려웠다면 끼어들지도
않았을 겁니다."

"허어! 기백은 가상하구나."

불구노인이 한 걸음 물러서자 용운몽은 소천월도에 자신
의 신분을 밝혔다.

"난 용운몽이라는 사람이다."

"오냐, 용운몽. 감히 대마황성과 맞섰으니 네놈은 이제 죽
은 목숨이다."

"어디 기대해 보겠다."

"가세, 패노!"

소천월도가 먼저 몸을 날렸다.

묵천패도는 불구노인을 향해 거칠게 소리쳤다.

"재수가 좋구나, 천잔! 다음번에는 반드시 네 목에 사슬을
걸어 끌고 가겠다!"

불구노인은 호기로운 웃음을 터뜨리며 말을 받았다.

"껄껄, 그전에 너희의 녹슨 칼을 충분히 갈아야 할 거다."

흑백쌍마가 멀어지자 불구노인은 용운몽을 힐책했다.

"이 녀석, 그 정도 무공으로 어쩌자고 대결을 고집한 거냐? 네 검법이 신비롭다만 공력이 너무 미흡하구나."

용운몽은 얼굴을 붉히며 불구노인에게 철검을 돌려주었다.

"그래도 최선을 다했습니다."

"오냐, 그것은 인정하겠다. 그리고 정말 잘 싸웠다고 칭찬해 주고 싶다."

불구노인은 호의적인 미소를 띠다가 한쪽 눈썹을 치켜올렸다.

"용운몽, 네 사문은 어떻게 되느냐?"

"사문은… 모르겠습니다."

"모르다니? 네 출신을 모른다는 게 말이나 되느냐?"

용운몽은 서 있는 것도 힘겨워 나뭇등걸에 걸터앉았다. 그의 입가에 쓸쓸한 웃음이 스쳐 지나갔다.

"사실 용운몽은 제 본래 이름이 아니며 제 내력에 대해서도 전혀 알지 못합니다."

"뭐라?"

불구노인은 용운몽의 손목을 쥐고는 잠시 진맥했다. 노인은 의술에도 일가견이 있는지 대번에 용운몽의 몸 상태를 간파했다.

“이런, 뇌호혈 부근이 상당히 손상돼 있구나. 하면 네가 기억을 상실한 것이냐?”

“그렇습니다.”

“어찌 된 연유인지 말해줄 수 있겠느냐?”

용운몽은 불구노인의 이름조차 모르지만, 왠지 편한 마음이 들어 자신의 사연을 털어놓았다.

“소생은 누군가에게 검이 찔린 상태로 운하로 떨어졌습니다. 그러다 불취약왕과 두 제자에 의해 구해졌지요. 당시 이미 뇌호혈이 훼손돼 과거를 전혀 기억하지 못하게 된 겁니다.”

불구노인은 가볍게 고개를 끄덕였다.

“흐음, 불취약왕이라면 당세 최고의 신의라 알고 있다. 그가 너의 기억을 회복시키지 못했다면 심각한 중상임은 확실해.”

“약왕도 제 기억상실을 운명이라고 했습니다.”

“운명이라… 어쩌면 그럴 수도 있겠지.”

용운몽은 물끄러미 불구노인을 바라보다가 물었다.

“노인장은 대명이 어찌 되십니까?”

“허허, 노부가 아직 소개를 하지 않았나? 노부는 천잔(天殘)이라 한다.”

“하면 천 선배님으로 부르겠습니다. 굉장한 고수인 것 같은데 어쩌다 삼중불구의 몸이 되신 겁니까?”

“사람은 누구에게나 사연이 있는 법이다.”

답변을 회피한 천잔은 부드러운 무형지기를 발출해 용운몽을 일으켜 세웠다.

“운몽, 네게 큰 신세를 졌으니 노부가 약간의 답례를 하겠다. 일단 네 부상부터 치료하자꾸나.”

맑은 물이 흐르는 개울가.

용운몽은 천잔이 건넨 내상약을 복용하고 금창약을 상처에 바르자 통증이 한결 가셨다. 경락을 타고 상쾌한 기운이 스며들자 심신이 다소 안정되었다.

천잔은 다시 용운몽을 진맥하고는 안도의 미소를 띠었다.

“네 몸에 기이한 잠력이 서려 있구나. 덕분에 내상이 신속하게 치료되었어. 소천월도의 쾌도에 담긴 내공이 엄청난데 이만하기를 다행이다.”

“솔직히 부끄럽습니다. 만일 대결을 삼 초로 제한하지 않았다면 전 마두의 칼에 벌써 죽었을 겁니다.”

“조금 부끄러워하지 마라. 넌 정말 훌륭한 대결을 펼쳤으니까.”

용운몽은 다소 의혹 어린 눈빛으로 천잔을 바라보았다.

“한데 흑백쌍마는 왜 천 선배님을 천마황성으로 끌고 가려 했던 겁니까? 저들의 태도로 미루어 천 선배님을 해칠 의사는 없는 것 같았습니다만."

천잔은 순간적으로 움찔했지만 자연스럽게 개울로 시선을 돌렸다.

"대마황성의 성주는 군마전을 창설해 무서운 마두들을 끌어들이고 있다. 노부가 아직 쓸모 있다고 생각하는 거겠지."

"쓸모뿐이겠습니까? 흑백쌍마와 같은 마두들과 단신으로 겨루었으니 절대고수라 해도 부족함이 없을 겁니다."

"헛, 너의 과찬이다."

용운몽은 충분히 회복됐다 싶자 몸을 일으켰다.

"전 이만 가보겠습니다."

용운몽이 작별을 고하자 천잔이 만류했다.

"잠시만 더 있거라. 네가 노부 때문에 공연히 회를 당할 뻔했는데 어찌 그냥 보낼 수 있겠냐? 네게 한 가지 심법을 하사해 주고 싶구나."

"아닙니다. 덕분에 저 자신의 한계를 알게 되었으니 아주 의미 있는 대결이었습니다."

"운몽, 너의 검법은 신비로울 만큼 뛰어나지만, 공력이 미흡해 그 위력이 제대로 펼쳐지지 못하는 것 같구나. 만일 네 검법에 심후한 내공이 뒷받침되었다면 오히려 소천월도가 네 검 아래 굴복했을 거다."

"저도 그렇게 생각하지만, 내공이라는 게 하루아침에 얻어지는 것도 아니지 않습니까?"

"전혀 불가하지 않다. 노부가 전수해 주는 심법을 터득한다면 네 검법은 더 높은 경지에 이를 수 있을 게다."

천잔이 적극 권유했지만 용운몽은 탐탁찮게 응수했다.

"전 당장 무공을 수련하는 것보다 기억을 회복하는 게 우선입니다."

"네 기억을 어떻게 회복하겠다는 거냐?"

"십만대현을 만나 제가 기억하고 있는 진결의 내력을 알아볼 생각입니다."

"별로 현명한 방법은 아닌 것 같구나. 십만대현이 천고의 현자라 해도 어찌 세상의 모든 것을 알 수 있겠냐? 더군다나 네가 대마황성의 순찰사자들을 죽이고 소천월도와 맞서는 바람에 넌 이미 대마황성의 공적이 되었다. 너 자신을 지키기 위해서라도 심법 수련을 꼭 권하고 싶구나."

천잔은 용운몽의 표정을 살피면서 은근한 어조로 말을 이었다.

"만일 너의 수련이 단순히 내공을 얻기 위함이 아니라 네 기억을 되살리는 데 도움이 된다면 어찌하겠냐?"

기억을 회복할 수 있다는 말에 용운몽은 눈을 휘둥그레 떴다.

"정말 천 선배님이 일러준 심법을 수련하면 제 기억이 회복될 수 있단 말입니까?"

"장담할 수는 없어도 분명 도움이 될 거다."

기억회복에 도움이 된다면 굳이 거부할 이유가 없기에 용운몽은 흔쾌하게 고개를 끄덕였다.

"알겠습니다. 제 기억을 살릴 수 있다면 기꺼이 가르침을 받겠습니다."

천잔은 비로소 흡족한 미소를 띠었다.

"오냐, 네게 전수해 줄 심법은 노부가 오래전 한 선동(仙洞)에서 얻은 거다. 노부는 이미 내공심법이 완성된 상태라 다른 심법을 수련할 수 없어 머릿속에 담고만 있었는데 이제야 주인을 만난 것 같구나."

"그게 무슨 말씀입니까?"

"이 심법을 터득하려면 여태까지 수련했던 내공 심법을 폐기해야 하는 고충이 따른다. 한데 너를 진맥해 보니 특별한 심법을 수련한 것 같지가 않구나. 따라서 너는 기존의 심법을 폐기하는 과정 없이 곧바로 이 심법을 수련할 수 있으니 어찌 적임자가 아니겠느냐?"

용운몽은 기이한 심법이다 싶어 호기심이 일었다.

"그 심법의 이름이 뭡니까?"

"반극귀환심법(反極歸桓心法)이다. 이 심법을 수련하면 몸이 동강 나지 않는 한 죽지 않은 불사지체를 연성할 수 있지."

"아, 설명만 들어도 대단한 것 같습니다."

"그래, 아마 네가 터득한 신비로운 검법과 잘 어울릴 거다."

천잔은 차분하게 심법을 설명해 주었다.

"반극귀환심법의 묘(妙)는 진기를 거꾸로 순환시키는 데 있다. 이를 무림에서는 역기행공이라 하는데 이 때문에 손상된 뇌호혈이 치료되면 너의 기억을 회복하는 데 도움이 될 게다. 이제 구결을 일러주겠다……."

기이한 심법을 전수받게 된 용운몽.

그로서는 전혀 예상치 못한 기연이었다.

第九章
강호의 거성·떨어지다

1

쾨류류……!

거대한 폭포수가 소로 떨어지면서 자욱한 물안개가 피어오르고 있었다. 계곡 사이로 스며든 햇살은 물보라에 의해 굴절되면서 현란한 무지개를 만들어냈다.

물안개를 뚫고 한 여인이 소로 다가섰다.

여인치고는 체구가 당당했지만, 이목구비가 반듯했다. 하지만 여인의 눈에 서린 차가운 기운은 원한 맺힌 여귀의 눈빛만큼이나 강렬했다.

'내 몸이 부서져도 좋아. 저하의 복수를 위해 반드시 폭포를 올라야 해!'

그러했다. 여인은 바로 황태자의 호위장인 냉소빈이었다.

황태자가 죽었다는 비보가 너무도 충격적이라 자결까지 생각했던 그녀였다. 하지만 그녀는 황태자를 위한 복수도 하지 못한 채 목숨을 끊는 것이 너무도 허무했기에 생각을 고쳐먹었다.

결국, 그녀가 만난 사람이 천투패왕.

천투패왕의 제자가 된 냉소빈은 혹독한 수련 과정을 거쳐야 했다.

첫 번째 과제는 폭포수를 거슬러 오르는 것이었다.

천투패왕은 자신이 평소 지니고 다녔던 쇠사슬을 폭포수 물기둥 속에 걸어놓았다. 과제를 수행하기 위해서는 쇠사슬을 타고 폭포수를 거슬러 올라가야 한다.

하지만 폭포의 엄청난 수압을 뚫고 맨몸으로 폭포수를 거슬러 오르기란 쉽지 않았다. 두 달이 넘는 기간 동안 냉소빈은 수백 번이나 도전에 나섰다가 소로 추락했다.

수일 전에는 거의 폭포수 꼭대기까지 이르렀지만, 마지막 순간 기력을 상실해 추락하는 아픔까지 겪어야 했다.

냉소빈으로서는 한동안 통한의 눈물을 흘려야 했다.

그러나 몸이 만신창이가 되고 전신의 뼈마디가 어긋나는 고통 속에서도 그녀는 결코 포기할 수 없었다.

고작 두 시진의 수면만 취하고 다시 도전에 나선 그녀는 하늘을 향해 기원을 올렸다.

'저하, 제발 제게 힘을 주십시오! 저하의 복수를 끝낸 후 저하 곁으로 가는 것이 제 소원입니다. 저하……!'

냉소빈은 지그시 입술을 깨물고는 폭포수로 뛰어들었다.

절기가 입동을 넘어섰기에 물이 얼음처럼 차가웠다.

하지만 두 달 넘게 드센 물기둥 속에서 단련되어서인지 살을 에는 한기도 그녀의 의지를 꺾지 못했다.

철그렁 철그렁……!

냉소빈은 쇠사슬을 쥐고는 폭포수를 거슬러 올랐다. 엄청난 수압 때문에 고막이 터질 듯 웅웅거렸고 쏟아지는 물기둥은 철퇴처럼 그녀의 머리와 전신을 강타했다.

냉소빈은 입술을 강하게 앙 다물었다.

'올라가야 해! 이제는 오를 수 있어!'

그녀는 모질게 자신을 채찍질하며 폭포수를 거슬러 올랐다.

폭포의 높이는 삼십여 장.

냉소빈은 거친 숨을 몰아쉬며 거의 꼭대기까지 이르렀다. 이미 체력은 바닥났고 어마어마한 수압 때문에 정신마저 혼미해졌다.

천투패왕은 소 옆의 바위에 걸터앉아 제자를 올려다보고 있었다.

"고년, 정말 독종이야. 다행히 내 불패진기가 단절되지 않겠어."

갑자기 심장을 압박해 오는 통증을 느낀 천투패왕은 세차게 진저리를 쳤다.

"우욱!"

입에서 절로 피가 뿜어졌다.

천투패왕은 손에 흥건하게 묻은 붉은 피를 보며 공허한 웃음을 흘렸다.

"크홋, 주정뱅이의 진단이 틀리지 않군. 회천속명단의 약발이 삼 년을 넘기지 못할 거라 하더니……."

그는 남모르는 병을 앓고 있었다.

청년 시절 저지른 그의 패륜적인 치정이 골수에 사무친 것이다. 만일 그가 남다른 괴력의 소유자가 아니었다면 진즉 생을 마감했을 것이다.

물론 오래전부터 불취약왕의 처방을 받아 그의 수명은 연장될 수 있었다. 한데 불취약왕은 삼 년 전 회천속명단을 건네면서 천투패왕의 수명을 예견했다.

"마지막 처방일세. 이제 그 어떤 약으로도 자네의 심환을 치료할 수 없네."

천투패왕은 마정의 대결에는 무관심했기에 대부분의 세월을 절기 수련에만 몰두했다. 그의 바람은 자신의 절기와 불패 진기를 이어받을 후계자를 찾는 거였다.

다행히 그는 냉소빈을 만나 제자로 삼았고 혹독한 수련을 통해 자신의 대를 이을 패왕으로 키우는 중이었다.

"서둘러라, 소빈아. 이 사부의 목숨이 얼마 남지 않았구나."

이때 폭포수 꼭대기에서 통한 어린 환호성이 들려왔다.

"으아아아!"

폭포 꼭대기에 우뚝 선 냉소빈은 눈물을 흘리며 포효했다. 마침내 폭포수를 거슬러 오른 것이다.

몸을 일으킨 천투패왕이 짐짓 꾸짖듯이 외쳤다.

"인석아, 오늘도 실패했다면 의지와 자질이 부족한 너를 내쳤을 것이다. 내려오너라. 당장 본격적인 수련에 들어가겠다!"

철그렁 철그렁……!

천투패왕은 쇠사슬을 팔뚝에 감으며 엄중하게 말했다.

"향후 너는 사십구일 동안 사부의 금강철삭을 몸으로 막아내야 한다. 수련을 견뎌내면 넌 무적의 금강지체를 지니게 될 것이다."

냉소빈은 팔을 교차해 가슴을 감싸 쥐었다.

"기꺼이 수련에 임하겠습니다."

"여태껏 노부의 제자가 되고자 한 자는 많았다. 하지만 누구도 금강철삭을 이겨내지 못했다. 두 녀석은 도중에 달아났고 다른 한 녀석은 몸이 으스러져 죽었지. 너 또한 수련 도중 죽을 수 있다. 각오는 됐느냐?"

"제자는 지금 죽을 수 없습니다. 반드시 수련을 마치고 저하의 복수를 한 후에야 죽을 것입니다."

"오냐, 지켜보마."

천투패왕은 제자를 향해 쇠사슬을 휘둘렀다.

퍼억!

비록 일 푼의 진기만 실린 금강철삭이었지만 그 위력을 바위를 박살 낼 만큼 강력하다.

"우욱!"

한 번의 타격에 주저앉은 냉소빈은 피를 토했다. 이에 천투패왕이 모질게 질책했다.

"못난 녀석! 이제 겨우 시작일 뿐이다!"

냉소빈은 전신을 와들와들 떨면서 억지로 몸을 일으켜 세웠다.

"하… 할 수 있습니다!"

"불패무상심법을 외우거라. 노부의 금강철삭이 너의 심법 수련을 도울 것이다."

"예… 사부님."

냉소빈은 다시 자세를 곧추세우고는 불패무상심법을 외웠다.

퍼억!

또 한 차례 금강철삭에 얻어맞은 냉소빈은 일 장 밖으로 나동그라졌다. 뼈마디가 으스러지는 고통에 그녀는 떤 이를 딱딱 마주쳤다. 가슴에 통한을 담고 있는 그녀였지만 너무도 고통스러워 수련을 포기하고 싶었다.

천투패왕은 물끄러미 제자를 내려다보다가 퉁명스레 내뱉었다.

"내가 너를 잘못 본 것 같구나. 넌 내 제자가 될 자격이 없으니 당장 꺼져라."

냉혹한 축출령에 냉소빈은 이를 악물며 벌떡 일어섰다.

"아닙니다! 제자는… 버틸 수 있습니다!"

천투패왕은 희미한 미소를 머금었다.

"그래, 벌써 포기하면 너무 싱겁지."

좌르륵……!

또다시 금강철삭이 날아들었다.

어쩌면 충격의 여파로 죽을 수도 있는 상황이지만 냉소빈은 눈 한번 깜빡이지 않고 금강철삭을 직시했다.

'저하, 제게 복수할 수 있는 힘을 주십시오!'

2

가파른 벼랑 중간에 자그마한 동굴이 형성돼 있었다.

동굴 위로는 수직 벼랑이 이어져 있어 나는 새가 아니면 오르기 힘들고, 아래쪽도 경사가 심해 한 발을 내딛기가 쉽지 않다.

동굴은 그다지 깊지 않았다.

바닥에 한 자루 철검이 놓여 있는데 평범한 대장간에서 제작한 검치고는 강한 기운이 깃들어 있었다.

한데 기이하게도 누군가 동굴 천장에 거꾸로 매달려 있었다. 천장 틈새에 발을 끼운 채 박쥐처럼 매달린 자세였다. 사람이 오랜 시간 거꾸로 매달리면 피가 머리로 쏠려 압박이 심하지만, 청년의 표정은 의외로 편안해 보였다.

단아한 용모와 고귀한 기품이 서린 청년은 다름 아닌 용운몽이었다. 그는 거꾸로 매달린 상태에서 구결을 뇌리에 새기고 있었다.

"현현묘묘(玄玄妙妙) 반회보정(反廻補精) 혼극유원(混極留元) 반정입역(正反立逆) 승건낙곤(昇乾落坤)……"

바로 천잔이 전수해 준 반극귀환심법의 구결이었다.

반극귀환심법은 진기를 거꾸로 회전시키는 심법이기에 기존의 내공심법과 상극을 이룬다. 따라서 오랜 세월 정통적인 순기행공을 수련한 고수들은 절대 반극귀환심법을 수련할 수 없다.

물론 자신의 여태껏 쌓아올린 수련을 폐기하면 되겠지만, 과연 어느 누가 평생의 내공을 포기한 채 다시 반극귀환심법을 수련하려 하겠는가.

그런 면에서 본다면 용운몽에게는 행운이었다.

그는 정통적인 내공심법을 배운 적이 없었기에 반극귀환심법을 수련하는 데 전혀 지장이 없었다.

그러나 반극귀환심법은 세상의 이치를 거스르는 심법이기에 수련 과정이 고통스러웠다. 처음에는 거꾸로 매달린 채 반 시진도 버티지 못했지만, 지금은 거꾸로 매달린 상태로 수면을 취할 수 있을 만큼 자연스러워졌다.

총 사십팔 절의 구결을 깨우치면서 그의 단전에 빠른 속도로 진기가 응집되었고 이제는 거꾸로 매달려 있어도 피가 역류하는 고통을 느끼지 않을 수 있었다.

용운몽은 천잔의 기르침을 다시금 떠올렸다.

'역(逆)은 거스름이니 처음에는 힘겹고 어렵다. 그러나 역(逆)도 극에 이르면 순(順)과 통하니 이것이 바로 반극귀원(反極歸元)이다!'

마침내 반극귀환심법의 구결에 입문한 용운몽은 한 손을 단전에 대고 다른 한 손은 뇌정혈에 댄 상태로 운공조식을 시도했다.

슈우우……!

용운몽의 주변으로 희뿌연 기류가 형성되었다. 이런 현상은 상승심법의 기초단계인 삼화취정과 유사한 경지이다.

불과 한 달도 안 되는 짧은 시간에 그가 이렇듯 높은 경지에 이르렀다는 것은 거의 기적에 가깝다.

용운몽은 모든 사념을 잊은 채 반극귀환심법에 몰입했다.

여러 날이 흘렀지만, 배가 고픈 줄도 몰랐다. 천지간의 기운이 빠른 속도로 그의 경락으로 스며들면서 그의 내공은 급증하고 있었다.

승천을 꿈꾸는 낙룡의 수련이었다.

3

시커먼 먹장구름이 몰려든다. 우렛소리가 요란하고 번갯불이 번득이는 가운데 폭우가 쏟아진다.

어둠 속에 외로이 서 있는 진류왕.

진류왕은 측근을 부르기 위해 소리쳤지만 외침은 목구멍 안에서만 맴돌 뿐이다.

진류왕은 두려움에 떨며 자신의 가슴을 두들겼다.

"거기 누… 누구 없느냐? 제발… 제발 누구라도 좋으니 대답해……."

이 순간 먹구름이 갈라지며 눈부신 형상이 불쑥 튀어나왔다.

번갯불이 일렁이는 푸른 눈과 불을 뿜는 아가리, 앞발에 쥐어진 여의주.

번들거리는 비늘의 빛깔은 분명치 않지만, 금색으로 보였다.

금룡은 세상을 진동시킬 괴성을 발하며 진류왕을 향해 불을 뿜어냈다. 화염에 휩싸인 진류왕은 지독한 고통에 공포에 젖어 발버둥을 쳤다.

"아아악!"

입에서 처절한 비명 소리가 튀어나오는 순간 진류왕은 꿈에서 깨어났다. 하지만 아직도 혼비백산한 상태라 비명을 내지르며 침소 밖으로 뛰쳐나갔다.

진류왕은 몸에 붙은 불길을 떨쳐 내기 위해 머리를 털고 몸을 문질러댔다. 물론 몸에 붙은 불은 꿈속의 상황이었지만 그의 이런 행동은 미친 사람 취급을 받기에 충분했다.

함께 잠자리에 들던 후궁이 급히 침소에서 나서며 진류왕의 어깨에 자리옷을 둘러주었다.

"전하, 전하! 정신 차리십시오!"

후궁의 다급한 음성에 진류왕은 비로소 혼몽 속에서 깨어났다.

주변을 살펴보니 자신의 침소였다. 용 따위는 보이는 않았고 당연히 몸을 불사르던 불꽃도 없었다.

'제기, 악몽을 꾸다니……!'

지난밤 새로 들인 아리따운 후궁을 품에 안고 잤던 터라 갑작스러운 악몽은 진류왕에게 충격이 아닐 수 없었다.

진류왕은 미심쩍은 눈빛으로 후궁을 쓸어보았다.

겨우 방년을 넘어선 앳된 후궁은 두려움에 젖어 가늘게 떨

고 있었다. 실오라기 하나 걸치지 않은 알몸이었지만 진류왕
의 광기에 놀라 자신의 몸을 가릴 엄두도 내지 못하고 있었
다. 악몽이 후궁과 연루되었다고는 생각하기 어려웠다.

이때 문이 열리며 환관과 궁녀들이 대거 들어섰다.

"전하, 무슨 일이십니까?"

진류왕은 악몽 때문에 나약한 모습을 보인 것이 부끄러워
공연히 후궁을 나무랐다.

"별일 아니다. 이 계집이 악몽을 꾸었는지 갑작스레 소리
를 친 것이다."

눈치 빠른 후궁은 진류왕 앞에 부복하며 죄를 청했다.

"망극하옵니다, 전하. 감히 전하의 침수를 어지럽힌 소녀
를 죽여주십시오."

"됐다. 어찌 꿈 때문에 사람을 해칠 수 있겠냐?"

진류왕은 한껏 자비를 과시하며 소매를 내저었다.

"물러들 가라."

"예, 전하."

환관과 궁녀들은 조용히 물러나며 문을 닫았다.

진류왕은 창가 탁자 앞에 앉았다.

"차를 한 잔 다오."

"예, 전하."

후궁은 서둘러 자리옷을 걸쳐 입고는 차를 준비했다.

차를 한잔 마신 진류왕은 갑갑함이 느껴져 창을 열도록 지

시했다. 창문이 열리자 세찬 빗소리가 들려왔다.

쏴아아……!

진류왕이 의아한 눈빛이 되어 물었다.

"이게 무슨 소리냐?"

창문을 내다본 후궁이 대답했다.

"비가 옵니다. 여름날 같은 장대비입니다, 전하."

"장대비라… 이 섣달에 말이냐?"

문득 끔찍한 꿈을 떠올린 진류왕은 기분이 울적했다.

"장인태감과 동창태감을 들여."

"이 시각에… 말입니까?"

"그래, 당장!"

유등을 밝힌 환관이 회랑을 따라 돌며 간드러진 음성으로
외쳤다.

"외양간 소가 기지개를 켜는 축시(丑時)요!"

선두에 선 환관의 뒤를 따르는 환관들이 타판을 두드리며
축시임을 널리 알렸다.

한밤중인 축시에 긴급 호출령을 받은 조고와 사마진이 건
천궁 침전으로 들어섰다.

후궁이 두 사람에게 차를 따라주고 물러가자 진류왕이 침
중한 어조로 입을 열었다.

"잠시 전 악몽을 꾸었네."

흠칫 놀란 조고가 조심스럽게 물었다.

"어떤 꿈을……?"

"본좌가 캄캄한 어둠 속에 혼자 있었네. 한데 먹구름이 갈라지며 용이 튀어나오지 뭔가? 눈부신 비늘이 마치 금룡 같았네. 한데 금룡이 내게 불을 뿜는 바람에 지독한 고통 속에서 깨어났더니 꿈이었더군."

사마진이 애써 미소를 띠며 진류왕을 위로해 주었다.

"전하, 용은 신비로운 영물입니다. 더군다나 용은 제위를 의미하니 악몽이 아니라 길몽입니다."

"그런가?"

진류왕이 조고에게 시선을 돌리자 그 또한 온화한 미소를 띠며 꿈을 풀이해 주었다.

"동창태감이 풀이한 대로 길몽이외다, 전하. 전하의 옥체에 불이 붙었다는 것은 과거의 신분을 재로 만들고 새롭게 태어나신다는 것을 의미하오이다. 이는 경하받을 일이지 결코 악몽이 아닙니다."

두 환관이 거듭 길몽임을 확신하자 진류왕도 어느 정도 불안감을 떨쳐낼 수 있었다.

"길몽이라면 다행이군. 한데 말일세… 주환의 존재가 아직도 마음에 걸리는군."

사마진이 단호하게 말을 받았다.

"전하, 황태자 주환은 이미 죽었습니다. 자요미가 거짓을 고할 계집은 아닙니다. 가슴에 검이 꽂혀 벼랑 아래로 추락했다면 죽은 것이 확실합니다."

"그래, 분명 죽었겠지. 본좌 역시 의심치는 않네. 하지만 말이야 주환의 목을 내 눈으로 보지 않는다면 평생 마음이 편치 않을 것 같아."

진류왕의 표정을 통해 깊은 우려를 헤아린 조고가 차분한 어조로 고했다.

"무슨 말씀이신지 잘 알겠습니다, 전하. 황태자의 시신을 찾아 목을 베어오도록 조치하겠습니다."

사마진이 다소 난감한 표정으로 반박했다.

"강인대감, 황태자가 운하로 추락한 지 벌써 두 달이 다 되어가오. 시신은 이미 부패했거나 물고기 밥이 되었을 텐데 어찌 수급을 베어올 수 있겠소?"

조고가 엄한 표정으로 꾸짖었다.

"전하께서 원하시는데 어찌 이의를 제기하는 겐가?"

진류왕은 두 환관의 실랑이를 잠시 지켜보다가 찻잔을 들어 입으로 가져갔다.

"그래, 이제 와서 주환의 목을 요구하는 것은 본좌의 지나친 바람일 수 있겠지. 하지만 한 가지는 회수할 수 있을 것이네."

"하명하십시오, 전하."

"선황께서 주환에게 황태자의 신분을 상징하는 금룡신패(金

龍信牌)를 하사하셨네. 만일 금룡신패를 회수해 온다면 본좌는
주환의 죽음을 믿어 의심치 않겠네."

"알겠습니다. 전하."

두 환관은 예를 올리고 침전을 나섰다.

쏴아아……!

동짓달에 어울리지 않은 장대비는 아직도 쏟아지고 있었
다.

회랑을 따라 걷는 조고와 사마진의 표정이 비를 쏟아내는
하늘만큼이나 어두웠다.

"황태자가 운하로 추락해 죽었다는 사실은 기밀일세. 이번
에도 동창에서 나서주어야겠네."

조고가 넌지시 임무를 떠넘기자 사마진은 투실투실한 볼
을 씰룩거렸다.

"운하가 어디 한 뼘 너비의 도랑인지 아시오? 황태자가 운
하로 추락했다면 금룡신패도 운하 밑바닥에 처박혀 있을 텐
데 무슨 수로 찾아낸단 말이오? 이건 황하에 빠진 바늘 찾기
요."

"하면 어쩌겠는가? 전하께서 금룡신패를 보아야만 안심을
하실 테니 시도라도 해보는 수밖에."

조고는 사마진의 어깨를 다독이여 위로해 주었다.

"나야 곧 은퇴할 몸이지만 자네는 장인태감이 되어 제위에
오르실 전하를 섬겨야 할 몸이 아닌가? 전하의 심중이 불편하

면 자네의 직위 또한 위태로울 수밖에 없을 것이네."

사마진은 어쩔 수 없이 지시를 수용했다.

"알겠소. 성심을 다할 테니 조 태감께서도 지원을 아끼지
마시오."

4

수련 사십일 째.

천투패왕의 금강철삭이 날아들며 냉소빈을 강타했다.

퍼억!

냉소빈은 금강철삭에 강타당하고도 꿈쩍하지 않았다. 약
간의 아픔이 느껴졌지만, 예전처럼 영혼이 결규하는 듯한 혹
독한 고통은 전혀 느낄 수 없었다.

오늘만 그런 것이 아니었다.

십여 일 전부터 냉소빈은 금강철삭에 적중되고도 주저앉
는 일이 없었다. 금강철삭에 가격되면서 오히려 공력이 증진
되는 느낌이었나. 빈면 금강철삭을 휘두르는 천투패왕의 기
력이 쇠퇴해진 것 같았다.

아닌 게 아니라 천투패왕은 근래에 들어 부쩍 늙어버렸다.

동신철골 같은 몸은 쭈글쭈글하게 시들었고 머리카락도
듬성듬성 빠져 소갈머리가 훤히 보였다. 눈에서 빛나던 정광
은 힘을 잃었고 목소리마저 탁해졌다.

냉소빈은 안쓰러운 눈으로 천투패왕을 바라보았다.

"사부님, 어찌 기력이 쇠퇴하셨습니까?"

"쿨럭쿨럭!"

밭은기침을 토한 천투패왕이 애써 호기를 부렸다.

"인석아, 이 사부는 아직 건재해!"

"이만 쉬십시오. 너무 피곤해 보이세요."

"닥쳐라. 이 사부도 전력을 다할 테니 너 또한 불패무상심 법으로 맞서라."

"알겠습니다."

"자, 간다!"

천투패왕은 기합을 외치며 힘차게 금강철삭을 휘둘렀다.

우우웅—!

세찬 바람 소리와 함께 금강철삭이 회오리를 일으키며 날 아들었다.

냉소빈은 가볍게 주먹을 쥐었다. 주먹을 통해 절로 강기가 뿜어졌다. 그녀는 날아드는 금강철삭을 향해 주먹을 내질렀 다.

콰아앙!

엄청난 폭음과 함께 금강철삭이 산산조각 났다. 천투패왕 을 투신으로 추앙받게 한 절대병기가 냉소빈에 의해 박살 난 것이다.

"크윽!"

천투패왕은 조각난 쇳조각이 온몸에 박힌 채 나동그라졌다.

"사부님?"

깜짝 놀란 냉소빈이 순간적으로 이동해 사부를 부축해 안았다.

여러 개의 쇳조각이 천투패왕의 피부에 깊숙이 박혀 있었다. 이는 웬만한 병기에도 상처 하나 남지 않는 금강지체가 깨졌음을 의미했다.

냉소빈은 천투패왕의 입가에 묻은 피를 닦아주었다.

"사부님, 대체 이게 어찌 된 일입니까?"

"으으, 시십구일을 버티려 했지만… 여기까지인가 보구나."

"어서 운공을 취하십시오. 제자가 돕겠습니다."

냉소빈이 진기를 주입해 주려 하자 천투패왕이 손을 뿌리쳤다.

"귀한 진기를 쓸데없이 낭비하지 마라!"

밭은기침을 토해낸 천투패왕은 공허한 웃음을 흘렸다.

"크훗, 소빈아. 이제 네가 원하는 힘을 얻었구나."

"송구합니다. 사부님. 제자가 힘을 주체하지 못하고 그만 사부님께 죄를 짓고 말았습니다."

"아니다. 아홉 날이 부족해 너를 완벽한 금강지체로 만들지 못한 것이 통한이구나."

“사부님……..”

“너는 폭포수를 거슬러 오르는 동안 근골이 바뀌면서 환골
탈태의 초입에 이르렀다. 덕분에 노부의 금강철삭에도 버틸
수 있게 된 거지.”

“아……!”

냉소빈은 비로소 자신에게 제시한 혹독한 과제가 모두 수
련의 한 과정임을 깨닫게 되었다.

“노부는 금강철삭을 통해 너의 경혈을 타격하면서 불패진
기를 심어주었다.”

“흑, 그런 줄도 모르고… 제자를 혼내시는 거라고 오해했
습니다.”

“쿨럭, 비록 최후 단계까지는 도달하지 못했지만… 노부의
모든 불패진기를 전했으니… 여한이 없구나.”

“사부님, 그저 망극할 따름입니다.”

“네가 나를 죽인 것이 아니야. 모두… 업보일 뿐이지.”

천투패왕은 격한 기침을 토했다. 핏덩이가 흐르면서 얼굴
과 가슴이 붉게 물들었다.

“사실 노부는 이미 생명이 다했다. 진작 죽었을 몸이었는
데 약왕 덕분에… 수명을 연장할 수 있었지.”

냉소빈의 눈물이 천투패왕의 얼굴을 적셨다.

“사부님……”

“소빈아, 노부는 성격적으로 문제가 많은 사람이었다. 어

렸을 적 패후(覇后)로 추앙받는 여인 사부를 두었는데… 그만 사부를 흠모하는 패륜을 저질렀다. 사부는, 그런 사실을 알고… 자결하셨지. 제자를 잘못 키웠다는 자책으로 말이다…….”

천투패왕은 회한 어린 눈빛으로 하늘을 바라보며 말을 이었다.

“노부가 여인을 해치지 못한 연유가… 바로 그 때문이었다…….”

평생의 비밀을 털어놓은 천투패왕은 냉소빈의 볼을 어루만졌다.

“이제 떠나거라… 노부의 불패진기가 너의 복수를 이루어줄 것이다…….”

“흑, 사부님……!”

“이제야… 구천에 계신 사부님을 찾아가… 속죄할 수 있게…….”

천투패왕은 입술을 몇 번 달싹거리다가 고개를 옆으로 꺾었다. 모든 것을 다 내려놓고 떠나서인지 입가에 미소를 띠고 있었다.

천투패왕의 타계.

강호의 위대한 무인이 사라진 것이다.

냉소빈은 천투패왕을 화장하고 사흘간의 애도를 마친 후

산을 내려왔다. 그녀의 가슴속은 복수의 불꽃이 활활 타오르
고 있었다.

"저하를 해친 원수들! 모조리 죽일 것이다!"

복수의 화신이 된 냉소빈의 출도였다.

第十章
빗속의 여인

1

만화궁주의 처소 사훼전(死卉殿).

수욕을 마친 자요미는 나른함에 젖어 대나무 침상에 누워 있었다. 들어갈 데와 나올 데가 분명한 궁 자 형 몸매는 언제 보아도 뇌쇄적이다.

앳된 제사들은 자요미의 몸에 향유를 발라주며 하나같이 감탄에 젖었다.

"아, 궁주님의 피부는 비단결 같습니다."

"옥신에서도 꽃향기가 풍깁니다. 정말 향기로워요."

향유가 발라진 전신에서 반질반질한 윤기가 피어오르자 어린 제자들은 탄성을 토했다.

"아, 궁주님은 진정 화신(花神)이십니다."

이때 총관 홍유란이 들어섰다. 자요미가 가볍게 손짓을 하자 어린 제자들은 정중히 예를 표하고는 욕실을 나갔다.

홍유란의 부축을 받아 일어나 앉은 자요미는 향유를 발라 대리석처럼 빛을 발하는 자신의 피부를 어루만졌다.

"이번에 사들인 설연향(雪蓮香)이 괜찮구나. 설산 자연실에서 추출한 향유답게 몸에 잘 스며들어."

"마음에 드신다니 충분히 구매해 놓겠습니다."

"그래, 좋은 거라면 돈을 아끼지 말아야지."

자요미가 일어서자 홍유란은 한 겹 망사의를 둘러주었다.

귀한 서역산 수정 거울 앞에서 자요미는 교태가 넘치는 자태를 뽐내며 생긋 미소를 지어 보였다. 그녀의 유혹적인 미소에 홍유란조차 심금이 떨릴 정도였다.

"궁주님의 미혼박심공이 최고조에 이른 듯합니다."

"미염술은 그저 단순한 술수일 뿐이다. 대마황성을 격파하고 천하를 제패하기 위해서는 강력한 절기가 필요하지."

"금룡무고에서 삼천공의 절기는 못 찾아내신 겁니까?"

자요미는 미간을 살짝 찌푸렸다.

"그게 이해가 되지 않아. 내가 입수한 정보가 분명 확실했는데 말이야."

"뭔가 수상쩍군요. 혹시 황궁의 고자들이 은밀하게 숨긴 것은 아닐까요?"

"괘씸한 놈들이지. 동창에서 해결하지 못한 황태자 척살을 내가 직접 처리해 주었지 않느냐? 역시 황궁은 믿을 게 못 돼."

홍유란은 자요미의 머리를 빗겨주며 위로해 주었다.

"어쨌든 전설적인 촉루검과 소수마경을 얻으셨으니 소득은 있지 않았습니까?"

자요미는 벽에 걸려 있는 고색창연한 검을 보며 잔잔한 미소를 머금었다.

"그렇기는 하지."

촉루검은 전설적인 장인 구야자가 제작한 명검이며 소수마경은 사도의 진귀한 비급이다. 만일 그것마저 확보하지 못했다면 자요미는 아직도 금룡무고를 샅샅이 뒤지며 삼천궁의 절기를 찾아 헤맸을 것이다.

자요미가 몸단장을 마치자 홍유란이 나직하게 보고를 올렸다.

"잠시 전 황궁에서 비합전서가 전해졌습니다."

"황궁에서? 또 무슨 일인데?"

"여기 조 태감이 보낸 전서통문입니다."

홍유란은 허리춤에서 가는 대롱을 꺼내 자요미에게 건넸다.

자요미는 돌돌 말린 전서통문을 펼쳐 보고는 싸늘한 조소를 흘렸다.

"내 예상대로 황태자의 목을 보지 못한 진류왕이 전전긍긍한다는 내용이구나. 동창에서 금룡신패를 회수하기 위해 출동했다면서 내게도 도움을 요청했어."

홍유란이 냉랭하게 말을 받았다.

"고자 놈들이 궁주님을 너무 가벼이 보는 것 같습니다. 황태자의 시신 따위는 저들이 확인하라고 하십시오."

"나도 그러고 싶지만, 보상이 너무 매력적이구나."

"보상이라 하시면?"

자요미의 손에 쥐어진 전서통문이 삼매진화에 의해 삽시간에 재로 화했다.

"삼천공의 절기를 내주겠다고 했다."

홍유란이 눈을 휘둥그레 떴다.

"예에? 하면 삼천공의 절기가 실제로 황궁무고 있었던 게 확실했군요?"

"그래, 역시 내가 입수한 정보가 정확했어."

"그렇다면 늙은 고자가 궁주님을 우롱한 겁니다. 금룡무고에 있어야 할 삼천공의 절기를 빼돌린 것이 분명합니다."

자요미의 눈매가 서늘해졌다.

"맞아. 늙은 고자가 날 농락한 거지."

"속하가 당장 황궁으로 들어가서 늙은 고자를 죽이고 삼천공의 절기를 찾아오겠습니다."

"홍 총관, 본궁의 전력이 아무리 막강해도 수십만 황군과 맞설 수는 없어.”

자요미의 입가에 탐욕스런 미소가 감돌았다.

“일단 화훼삼비를 운하로 출동시켜 동창 놈들의 행동을 감시토록 해라. 때가 되면 내가 직접 출동하겠다.”

2

운하 상류의 낙안봉.

깊은 낭떠러지 아래로 급류가 몰아치고 있었다. 좁은 벼랑 사이를 할퀴며 흘러가는 급류는 보이는 모든 것을 집어삼킬 듯 드셌다.

드센 급류가 잠시 숨을 토해내는 모래톱에서 여러 사람이 주변을 수색하고 있었다. 하나같이 단정한 용모의 무사들은 동창 명참대 소속의 당두들이었다.

곽자영은 신중한 모습으로 수색 과정을 지켜보고 있었다.

동창태감 사마진으로부터 황태자의 죽음을 확인할 수 있는 금룡신패를 찾아오라는 명을 받은 이후 그는 여러 날 동안 운하 일대를 수색 중이었다.

하지만 운하의 상류는 물살이 깊고 드세 일류급 무공을 지닌 명참대 당두들도 물속 수색이 쉽지 않았다. 수색 도중 세 명의 당두가 급류에 휩쓸려 익사하는 사고를 당했지만, 황태자의 시신은 물론이고 금룡신패를 찾아내지는 못했다.

당두들 몇이 잠영을 위해 특별히 제작된 물고기 가죽옷을 입고 다시 운하 속으로 뛰어들었다.

곽자영은 하늘을 찌를 듯이 솟아 있는 봉우리들을 올려보았다.

'저 위에서 추락했다면 금강불괴라도 분신쇄골을 면치 못한다. 황태자가 이미 죽어서 황천으로 간 것이 확실한데 무슨 물증을 찾아내라는 것인가?

시신이 분쇄되었다면 금룡신패는 물속 깊이 가라앉았거나 어딘가에 묻혀 있을 가능성이 컸다. 상전의 지시라 수색에 나서기는 했지만, 솔직히 금룡신패 회수는 곽자영으로서도 회의적이었다.

이때 당두들을 대동해 하류 쪽을 수색했던 수석당두가 달려와 보고를 올렸다.

"삼십 리쯤 아래에 작은 어촌 부락이 있습니다."

"그래? 무언가 발견된 것이 있다더냐?"

"자신들 부락에는 없었다고 합니다. 하지만 운하의 물살이 드세 대부분의 부유물이 중류 쪽 모래톱에서 발견되는 경우가 종종 있다고 했습니다."

"그리로 가겠다."

모래톱에는 앞서 당도한 당두들이 이미 어부들을 소집해 놓고 있었다.

곽자영은 금룡신패가 그려진 그림을 어부들에게 보여주었
다.

"이 물건은 황실의 중요한 보물이다. 흉악한 도적이 이것
을 훔쳐 도주하던 중 운하에 떨어져 죽었다. 만일 너희가 도
적의 시체나 이 금룡신패를 찾아낸다면 황금 백 냥을 하사하
겠다."

엄청난 보상금에 어부들의 표정이 환해졌다.

"예에? 황금 백 냥씩이나?"

"그러시다면 소인들은 목숨이라도 걸겠습니다요."

곽자영이 턱짓을 보내자 당두가 늙은 어부에게 돈주머니
를 던져 주었다.

"선수금일세."

"아이고, 감사합니다요."

곽자영은 엄한 표정으로 어부들에게 주의를 주었다.

"이는 황실의 기밀이니 절대적으로 비밀을 지켜야 한다.
알겠느냐?"

어부들은 모두 무릎을 꿇으며 고개를 조아렸다.

"명심하겠습니다요, 공공님."

어부들은 희희낙락한 표정으로 돈주머니의 돈을 나누며
운하로 향했다. 성격 급한 몇몇은 벌써 웃통을 벗어 던지고
운하로 뛰어들 기세였다.

곽자영은 수석 당두에게 지시를 내렸다.

"생존자 수색은 기대하기 어렵겠다. 하류 쪽에 부락이 더 있을 테니 내려가 보자."

"첩형, 솔직히 금룡신패를 찾아내기란 불가합니다."

"안다. 어쩌면 영원히 발견되지 못할 수도 있지."

곽자영은 어부들이 뛰어들고 있는 운하로 시선을 돌렸다.

"그래도 시도해야 한다. 그것이 상전의 명에 절대복종해야 하는 우리 환관들의 책무이니까."

곽자영의 표정에 짙은 그늘이 드리워졌다.

"어떤 단서도 찾아내지 못하면 우리는 황궁으로 돌아갈 생각을 말아야 한다."

3

벼랑 중간의 산동.

마침내 심법 수련을 마친 용운몽은 빙글 돌아 바닥으로 내려섰다. 바닥을 딛고 선 그는 정신 가득 충만한 기운에 몸이 저절로 둥실 떠오르는 것만 같았다.

"아, 정말 신묘한 심법이구나. 천 선배의 말로는 반극귀환 심법이 일반 심법에 비해 열 배는 빠르게 공력을 증진시킬 수 있다고 했는데 결코 허튼소리가 아니었어."

바닥에 놓인 철검을 집어 든 용운몽은 고소를 머금었다.

"내게 검까지 내주었군. 너무 많은 신세를 졌어."

용운몽은 철검을 허리에 차고는 동굴을 나섰다.

바닥이 아스라하게 보일 만큼 까마득한 벼랑 위.

수련 장소인 산동까지는 천잔이 데려다 주었기에 그는 자신이 이런 절지에 있었음을 전혀 알지 못했었다.

벼랑 가를 딛고 선 용운몽은 약간의 긴장과 더불어 흥분에 젖었다.

"과연 내가 제대로 신법을 펼칠 수 있을까?"

가볍게 숨을 들이켠 그가 벼랑 밖으로 훌쩍 뛰어내렸다. 몸이 급속도로 떨어져 내리자 그는 네 활개를 펴고 반극귀환심법을 운기했다.

일순 그의 몸이 깃털처럼 가벼워지면서 추락 속도로 급감했다. 덕분에 그는 한 마리 새처럼 유연하게 허공을 배회하면서 높은 벼랑로 내려갈 수 있었다.

바닥으로 내려선 용운몽은 까마득한 벼랑 위를 올려다보았다.

"와아, 내가 저 높은 곳에서 내려왔다니."

그는 막 꽃눈이 피기 시작한 앙상한 가지를 살피며 세월의 흐름을 헤아렸다.

"봄이라… 그새 한 해가 바뀌었나 보군."

문득 임월지 자매를 떠올린 그는 담담한 미소를 띠었다.

"임 소저와 월영이 단협맹에 잘 적응하고 있는지 모르겠군. 일단 십만대현을 만나본 후 단협맹 본단에 한번 가봐야겠

어. 나를 구해주고 이름까지 지어준 은인들인데 너무 무심할
수는 없지."

용운몽은 한 줄기 바람이 되어 산을 내려갔다.

4

호북 최대의 호수인 동호(東湖)는 장강의 푸른 물결을 한
아름 받아들여서인지 잔잔하면서도 아름다웠다.

비가 내리고 있었지만 세찬 폭우가 아니었기에 고기잡이
배를 띄운 어부들은 도롱이만 걸친 채 그물을 던지고 있었다.

제방 위로는 봄비에 젖은 동호의 풍광을 감상하려는 유람
객들이 우산을 쓰고 걸으며 도도한 시흥을 뽐냈다.

대부분 무리를 이루었고 더러는 남녀 쌍쌍도 보였는데 한
사내만 혼자 제방을 걷고 있었다.

사내는 대나무 우산을 받쳐 쓴 채 제방을 따라 걷고 있었
다. 그는 동호의 수면으로 때리는 빗방울 소리에 절로 미소를
띠며 흥에 젖었다.

허리에 찬 철검으로 미루어 강호인으로 보였지만 고고한
기품마저 서린 수려한 풍모에서 귀한 가문의 공자로 생각되
었다.

"흐음, 비와 호수라… 왠지 몰라도 가슴이 아련하군."

청년은 다름 아닌 용운몽이었다.

반극귀환심법을 수련한 덕분에 굳이 말을 이용하지 않고 경신술을 전개해 호북까지 이를 수 있었다. 잠산은 호북과 인접한 안휘성 서단에 위치하기에 이제 수삼 일 내로 당도할 거리였다.

아주 시급한 여정이 아니기에 우중을 뚫고 달려갈 이유는 없었던 터라 용운몽은 동호 변에서 하루를 유할 예정이었다.

동호의 제방을 따라 걷던 그는 버드나무 아래에 서서 호수를 감상하고 있는 여인에게로 시선을 돌렸다.

'이런, 우산도 쓰지 않았군.'

여인의 어깨에 둘린 피풍의는 이미 비에 흠뻑 젖어 바닥까지 늘어져 있었다. 여인은 깊은 상념에 빠져 있는지 내리는 비를 전혀 의식하지 않았고 용운몽의 시선에도 아랑곳하지 않았다.

다소 가는 눈매가 날카롭고 지나치게 창백한 안색에서 차가움이 느껴졌지만, 용모는 제법 빼어난 편이었다. 특히 개미처럼 잘록한 허리와 호리호리한 몸매가 인상적이었다.

용운몽은 왠지 여인의 처지가 안쓰러웠다.

'사내인 나야 상관없지만, 여인에게 차가운 비는 몸에 안 좋을 텐데.'

여인에게 다가간 용운몽은 우산을 씌워주었다.

비로소 상념에서 깨어난 여인이 천천히 고개를 돌렸다. 눈빛이 얼음처럼 차갑다.

용운몽은 호의적인 미소를 띠었다.

"아무리 봄비라지만 빗물이 차갑소. 한증이라도 걸리면 어쩌려고 이러시오?"

여인은 용운몽을 물끄러미 바라볼 뿐 가타불타 대답이 없었다.

용운몽은 공연히 수작이나 부리는 파락호로 오인되었다 싶어 멋쩍은 표정을 지었다.

"오해하지 마시오. 낭자를 유혹하려는 것은 아니니까."

여인은 건조한 음성으로 물었다.

"나를 품고 싶나요?"

용운몽은 순간적으로 당혹스러웠다.

청순한 자태를 지녔고 화장기도 없었기에 몸을 파는 매춘부로는 생각되지 않아 여인의 처지를 지레 짐작했다.

'아마도 상심이 컸나 보구나.'

용운몽은 슬며시 시선을 돌렸다.

"낭자의 청을 거절하는 것이 예의가 아닌지 알지만 초면인데 너무 빠르지 않소?"

"내가 마음에 들지 않나 보군요?"

여인의 당돌한 물음에 용운몽은 씁쓸함을 곱씹었다.

"전혀 그렇지 않소. 다만 낭자가 아픔을 딛고 마음을 굳게 다지기를 바라겠소."

용운몽은 여인의 손에 우산을 쥐어 주었다.

“비가 계속 내릴 듯하니 이 우산을 쓰시구려.”

그는 따뜻한 호의를 베풀고는 제방을 따라 걸음을 옮겼다.

생각지 않게 우산을 선사받은 여인의 입가에 묘한 미소가 피어올랐다.

“잠깐 멈춰요!”

용운몽이 걸음을 멈추자 여인이 우산을 쓰고 옆으로 다가섰다.

“당신은 특별한 사내로군요?”

“당치 않소. 그저 세상 사람들 발에 차이는 흔한 사내 중 하나요.”

“왜 나를 거부했죠?”

여인이 워낙 바싹 다가섰기에 용운몽은 가슴을 통해 유실의 자극적인 감촉을 느낄 정도였다.

용운몽은 자연스럽게 한 걸음 뒤로 물러섰다.

“남녀가 어떻게 만나자마자 교합을 이룰 수 있겠소? 더군다나 서로가 이름도 모르는 사이인데 말이오.”

“그건 상관없어요. 나를 만난 사내들은 대부분 나를 품으려 했고 그 바람에 모두 죽었죠.”

“……!”

용운몽은 비로소 상대가 평범한 신분의 여인이 아님을 직감했다.

나를 품으려 한 사내는 모두 죽었다.

'강호의 여인이었군. 그래서 이렇듯 대담할 수 있었어.'

여인은 희미한 미소를 머금었다.

"나를 마다한 사내는 당신이 처음이에요. 당신이 군자인지는 알겠지만 막상 거부당하니 기분은 썩 좋지 않군요."

"낭자의 마음을 상하게 했다면 미안하오."

"사과는 필요없어요."

여인은 용운몽에게 다시 우산을 내밀었다.

"가져가요."

용운몽은 정중하게 사양했다.

"나보다는 낭자에게 더 필요한 것 같소. 그럼."

그는 여인을 지나치면서 한마디 던졌다.

"나보다는 낭자가 오히려 특별한 여인 같소."

여인은 천천히 몸을 돌려 용운몽을 바라보았다.

쏴아아……!

쏟아지는 비를 고스란히 맞으며 멀어지는 용운몽의 모습이 전혀 처량해 보이지 않았다. 오히려 비를 즐기는 풍류객처럼 여유가 느껴졌다.

여인은 자신이 쓰고 있는 우산을 살폈다. 그녀의 입가에 절로 미소가 피어올랐다.

"훗, 이런 배려를 받아보기도 처음이군."

동호가 바라보이는 호반으로 많은 객잔들이 늘어서 있었다.

용운몽은 비를 피해야 했기에 가장 가까이 있는 객잔으로 들어섰다. 잠시 비를 맞았는데도 옷이 흠뻑 젖었다.

용운몽은 옷의 물기를 털어내고 소매를 쥐어짰다.

"남을 위한 배려도 좋지만 내 꼴이 말이 아니군."

이때 어린 점소이가 다가서면서 수건을 내밀었다.

"이걸 쓰십시오, 공자님."

"그래, 고맙네."

용운몽은 점소이가 건네준 수건으로 얼굴을 닦고 머리의 물기를 대충 말렸다. 덕분에 조금은 축축한 습기를 떨어낼 수 있었다.

그리디 점소이에게 눈길을 던졌다. 점소이는 뭔가를 바라는 눈빛으로 손을 비비고 있었다.

'맞아. 세상을 살아가려면 적당히 돈을 써야 한다고 했지?'

세상살이에 익숙하지 않은 그였지만 호북까지 이르는 동안 사람들과 어울리다 보니 어떻게 살아가는지를 어느 정도는 알게 되있다.

먹고 마시고 자고 필요한 물품을 구매하려면 언제든 돈이 필요하다.

용운몽으로서는 임월지가 준 은자가 충분했기에 조금은 여유가 있었다.

용운몽은 점소이에게 은자 한 조각을 건네주었다.

"수건 잘 썼네."

"아이고! 고맙습니다요, 공자님. 역시 후덕하시군요."

적지 않은 은자를 손에 쥔 점소이는 연신 허리를 굽실거리며 용운몽을 안내했다.

"오르시지요. 제가 가장 전망 좋은 자리로 안내해 드리겠습니다요."

비 내리는 오후여서인지 객잔은 술손님으로 북적거렸다.

점소이는 객잔 삼층 창가 쪽으로 용운몽을 안내했다.

"여기가 전망이 가장 좋습니다요."

결코 입에 발린 소리가 아니었다.

처마가 길어서인지 창문을 통해 빗물이 들이치지 않았고 동호의 정경이 한눈에 내려다보여 눈이 시원했다.

"전망이 좋군."

"공자님, 오늘은 동호에서 갓 잡아 올린 초어 찜이 주요리입니다요."

"그래, 초어 찜을 주게나."

"술은 어떤 거로?"

용운몽은 술을 크게 즐기지 않았지만, 동호의 정취에 취해 죽엽청을 주문했다.

"예, 조금만 기다려 주십시오."

점소이는 차를 한잔 따라주고는 물러갔다.

용운몽은 차를 한 모금 마시고는 물안개가 피어오르는 동호를 바라보았다.

예단하기는 싫지만 십만대현을 만난다 해도 자신의 내력을 알아낼 거라고는 기대하기 어려웠다. 결국 그 자신의 힘으로 내력을 밝혀야 하는데 대전진결만으로는 실마리를 푸는데 한계가 있었다.

'영영 기억이 돌아오지 않으면 어떻게 살아야 할까?'

생각만 해도 막막했고 가슴이 답답해졌다.

'내 과거의 삶으로 돌아갈 수 없다면 평생 용운몽으로 살아갈 수밖에 없겠구나.'

용운몽은 차를 마저 비우고는 찻잔을 내려놓았다.

이때 누군가 탁자 맞은편에 앉았다.

호리호리한 체구의 홍의여인.

용운몽은 검미를 슬쩍 치켜 올렸다.

"낭자……?"

그러했다. 수건으로 머리를 물기를 닦고 있는 여인은 제방에서 만났던 실연의 여인이었다.

홍의여인이 건조한 어조로 말했다.

"우산이 망가져 돌려 드릴 수가 없게 됐어요."

"개의치 마시오."

"어떻게 보상을 해야 하죠?"

"낭자에게 드렸으니 이미 낭자 것이오."

이때 점소이가 술과 초어 찜을 내왔다.

"요리 나왔습니다요, 공자님."

그러다 홍의여인을 보고는 눈을 휘둥그레 떴다.

"에고, 일행분이 계셨군요?"

점소이는 술잔을 두 개 내려놓고는 물러갔다.

여인은 용운몽의 잔에 술을 따라주었다.

"우산 값 대신 내가 술을 사죠."

"아니오. 적적하던 차에 술친구가 생겼으니 술은 내가 사겠소."

용운몽은 여인과 술잔을 부딪치고는 술을 비웠다.

사내인 용운몽이 마시기에도 독한 술이었지만 여인은 단숨에 술잔을 비우고도 말짱했다.

"이렇게 만난 것도 인연이니 공자의 대명을 알고 싶군요."

"난 용운몽이라 하오."

"용운몽?"

일순 여인의 눈에서 이채가 피어올랐다. 언뜻 냉랭한 살기마저 감돌았지만 용운몽은 빈 술잔을 채우느라 이를 미처 보지 못했다.

홍의여인은 손목에 찬 두꺼운 팔찌를 어루만졌다.

"세상에 용운몽이라는 이름이 흔한가 보군요?"

그녀의 팔찌는 단순한 장신구가 아니었다. 팔찌 안에 종잇장처럼 얇은 연검이 숨겨져 있기에 공력을 주입시키면 순식간에 예리한 병기로 변환된다.

용운몽이 의아한 표정으로 물었다.

"그게 무슨 말이오? 낭자가 내 이름을 알고 있소?"

홍의여인은 비 내리는 동호로 시선을 돌렸다.

"수개월 전 강호에 신비로운 검객이 출현했다더군요. 대마
황성의 기치를 무시하고 순찰사자들을 죽인 것도 놀라운 일
인데 군마전의 무서운 마두인 소천월도와도 대등하게 싸웠다
고 들었어요."

용운몽은 내심 놀라움을 금치 못했다.

'대체 이 여인이 누구이기에……?'

당시 현장에는 자신과 천잔, 그리고 흑백쌍마 네 사람만 있
었기에 그런 사실이 세상에 알려질 가능성은 거의 없었다.

흑백쌍마로서는 용운몽을 격패시키지 못한 것이 치욕이기
에 스스로 발설할 리 없을 테고, 천잔과 같은 기인이 이를 소
문 냈다고는 생각할 수 없었다.

홍의여인은 의혹에 젖어 있는 용운몽에게로 시선을 돌렸
다.

"공자가 바로 그 용운몽인가요?"

"내가 대마황성의 마두와 잠깐 겨룬 것은 사실이오. 낭자
가 그 일을 어떻게 알았는지 궁금하군."

"유감이지만 대마황성은 당신의 목에 상당한 현상금을 내
걸었어요. 그래서 당신에 대해 알게 되었죠."

용운몽이 술잔을 비우고는 물었다.

"강호 소식에 이렇듯 정통한 것을 보니 낭자도 강호의 여인인가 보구려?"

"틀리지 않아요."

"낭자의 방명은 어찌 되오?"

홍의여인은 잠시 주저하다가 이름을 밝혔다.

"빙소교(氷蘇嬌)라 합니다."

"빙 낭자였구려. 만나서 반갑소."

빙소교는 용운몽과 술잔을 부딪쳤다.

"용 공자에게 우산에 이어 술까지 대접받았으니 무언가 보답을 하고 싶어요."

"아니요. 초면에도 불구하고 이렇게 대작해 주는 것만으로도 충분하오."

"그것은 소녀를 너무 무시하는 처사예요."

빙소교는 유혹적인 눈빛을 발하며 자신의 젖가슴을 감싸쥐었다.

"원한다면 소녀를 품어도 좋아요."

용운몽은 앞서도 빙소교의 적극적인 유혹을 받은 적이 있기에 태연하게 응수했다.

"하하, 많이 취한 것 같소."

"끝내 소녀를 거부하는군요."

"솔직히 빙 낭자가 두렵소."

"소녀가 두렵다고요?"

"그렇소. 동호 제방에서 빙 낭자가 밝히지 않았소? 빙 낭자를 품으려 했던 사내들이 모두 죽었다고 말이오."

"지금은 상황이 달라요. 소녀가 먼저 원했으니 용 공자가 다칠 일은 없어요."

용운몽은 더 이상 가까이했다가는 어떤 사고가 벌어질지 몰라 자리에서 일어섰다.

"나도 많이 취해 주체하기 힘드오. 충분히 즐겼으니 먼저 일어나겠소."

그는 간단히 예를 표하고는 자리를 벗어났다.

'맹랑한 여인이군. 만화궁 요녀들처럼 음탕한 것 같지는 않은데 유혹이 너무 노골적이야.'

용운몽은 점소이의 안내를 받아 객방으로 향했다. 비가 갤 때까지 당분간 유해야 할 상황이었다.

객방으로 들어선 용운몽은 장삼을 벗고 침상에 누웠다. 문득 빙소교를 떠올린 그는 가볍지 않은 의혹에 젖었다.

'대체 정체가 뭘까? 왠지 평범한 강호여인으로는 생각되지 않아. 혹시 내 방까지 알아내 뛰어들까 두렵군.'

5

쏴아아……!

밤이 깊어가면서 객방의 등잔이 하나씩 꺼지고 있었다.

빙소교는 동호에서 가장 호화로운 객잔의 값비싼 별채를 숙소로 삼고 있었다.

이층의 넓은 거실은 동호의 야경을 한눈에 조망할 수 있기에 전망이 아주 훌륭했다. 호수가 아주 가까이 보이기에 손을 뻗으면 그대로 호수 물을 떠 올릴 수 있을 정도였다.

빙소교는 손목의 팔찌를 매만지며 동호의 야경을 바라보고 있었다.

'용운몽… 혜성처럼 등장했다가 이후 종적을 감춘 자를 이렇게 만나게 되다니.'

이때 문밖에서 음성이 들려왔다.

"속하입니다. 삼공녀님."

"들어와."

빙소교의 허락이 떨어지자 검은 복장의 여인이 들어섰다.

빙소교는 팔짱을 낀 채 걸음을 옮기며 물었다.

"알아보았느냐?"

"예, 삼공녀님. 용운몽에게는 달리 동행이 없었습니다. 객방에서 혼자 자는 것으로 확인됐습니다."

빙소교는 날카로운 눈썹을 살짝 찌푸렸다.

'혼자라……. 소천 원로의 말로는 당당히 이름을 밝혔다고 했어. 통천전의 분석에 따르면 단협맹과 무관한 자라 했는데 대체 정체가 무엇일까?'

빙소교는 사실 여인의 본명이 아니다.

여인의 본명은 은교교(銀橋橋).

대마황성주의 세 번째 직계 제자이기에 삼공녀로 불리는 빙심마희가 바로 그녀다. 그랬기에 소천월도와 용운몽이 대결했던 내막에 대해서도 잘 알고 있었던 것이다.

은교교는 창가의 안락의자에 앉으며 물었다.

"주변으로 단협맹 반도들은 없었느냐?"

"반도들의 행적은 전혀 감지되지 않았습니다."

"알았다. 나가봐."

검은 복장의 여인이 물러가자 은교교는 술잔을 들어 입으로 가져갔다.

'훗, 어떤 내력을 지녔든 본성과 맞선 자이니 그냥 보내줄 수는 없지.'

부슬부슬……!

낮부터 내린 비가 그칠 듯 그칠 듯 지루하게 이어지고 있었다.

용운몽은 모처럼 깊은 잠에 빠져 있었다. 천잔에게 전수받은 반극귀환심법 덕분에 공력이 급증해서인지 두통도 잊은 채 숙면을 취할 수 있었다.

한데 잠이 깊어서인지 그는 현실인지 꿈인지 모를 기이한 세계로 빠져들었다.

섬뜩한 귀면탈이 어둠 속에서 둥둥 날아다닌다. 이어 귀

면탈을 쓴 무사들이 악귀처럼 달려들며 검을 휘두른다. 검
극이 파고드는 순간 한 여인이 외치며 귀면탈들의 검을 쳐
낸다.

여인이 뭐라 외치지만 소리가 전혀 들리지 않고 여인의 모
습 또한 분명치 않다.

배경이 바뀌며 꽃비가 허공에 뿌려진다.

이번에는 귀면탈이 아니라 상반신이 허공에 둥실 떠 있는
여귀(女鬼)들이다. 여귀들은 하나같이 요염하지만, 입매가 사
악하다.

여귀들의 칼이 소리도 없이 날아든다.

그중 머리카락이 치렁치렁 늘어진 여귀의 칼이 번득이며
가슴으로 파고든다.

사내의 가슴에 칼이 꽂힌다. 시선을 쳐든 사내는 여귀를 직
시하지만 요요한 눈빛을 발하는 눈만 보일 뿐 모습이 선명치
않다.

사내가 추락한다. 아득한 어둠 속으로 빠져든다. 극도로
숨이 막힌다. 뭔가를 쥐기 위해 허공을 허우적거리지만, 그저
빈 허공만 잡힐 뿐이다.

용운몽은 눈을 번쩍 떴다.

"헉… 헉……!"

벌떡 일어나 앉은 용운몽은 진땀을 흘리며 숨을 몰아쉬
었다.

겨우 가슴을 안정시킨 그는 주변을 둘러보았다. 창문을 통해 은은한 빗소리가 들려올 뿐 아직 한밤중인 듯 캄캄했다.

용운몽은 꿈속에서 보았던 혼란스런 광경을 되새겨 보았다.

분명치는 않았지만 꿈의 일부는 과거에도 꿈을 꾸면서 본 적이 있는 장면으로 생각되었다.

용운몽은 과거 검이 꽂혔던 자신의 가슴 부위를 억눌렀다. 이미 부상이 완치돼 아픔이 전혀 느껴지지 않았지만, 왠지 가슴이 시렸다.

그는 문득 떠오르는 바가 있었다.

"어쩌면 악몽이 아닐 수도 있어. 상실됐던 내 기억의 일부가 되살아난 것인지도 몰라."

그는 급속도로 잊혀져 가는 꿈속의 기억을 애써 띠올렸다.

귀면탈, 자신을 도우려 애쓰는 어인, 요염한 여귀들, 그리고 사내의 가슴에 칼을 꽂은 치렁치렁한 머리카락의 여귀……

사내의 모습 또한 분명치 않지만, 자신으로 추정되었다.

용운몽은 심한 두통을 느끼며 이마를 감싸 쥐었다. 한데 이마보다는 머리 뒷부분에서 통증이 더 심했다.

뒷덜미를 매만진 그는 눈을 휘둥그레 떴다.

"두통이 아니라 뇌호혈의 통증이야. 내가 추락하면서 뇌호혈이 훼손돼 기억을 상실했는데… 그것이 회복되고 있는 걸까?”

용운몽은 불구노인 천잔을 떠올렸다.

“맞아, 천 선배는 내가 반극귀환심법을 수련하면 기억이 회복될 수 있다고 했어. 진기가 거꾸로 흐르면서 뇌호혈을 자극해 기억을 되살린 게 분명해.”

그는 혼란스런 꿈이 오히려 기쁘기만 했다.

“희미하지만 기억의 일부가 되살아나고 있어. 어쩌면 내가 누구인지 알게 될 것 같다.”

침상에서 내려선 그는 차갑게 식은 차로 갈등을 씻어냈다. 머리가 다소 혼란스러웠지만, 가슴은 묘한 기대감에 설레었다.

“과연 난 어떤 사람이었을까?”

『낙룡등천』 제2권에 계속…

8월 말에 몰려오는 거대한 흐름!
세상을 보는 또 하나의 창!
이젠-북(ezenbook)!
클릭하세요!

http://www.ezenbook.co.kr

세상을 보는 또 하나의 창-이젠북

ezenBOOK

NOMEN
노멘

이영균 장편 소설

**억울한 누명으로 인한 감옥살이 1년.
직장, 친구, 애인도… 모두 떠나 버렸다.**

911테러 이후, 극비리에 진행된 프로젝트.
그리고 그 결과물, 슈퍼컴퓨터 HAL8999

대한민국의 평범한 청년 동범과
인류가 만든 최고의 컴퓨터에서 깨어난 존재의 만남.

Nomen est omen 이름이 곧 운명!

**인류의 미래를 가르는 사건은
이 우연한 만남으로부터 시작되었다.**

십병귀
十兵鬼
십병귀
오채지 新무협 판타지소설
1
십병귀
2
십병귀
1